ベリーズ文庫

# 航空王はママとベビーを甘い執着愛で囲い込む【大富豪シリーズ】

葉月りゅう



STARTS
スターツ出版株式会社

目次

# 航空王はママとベビーを甘い執着愛で囲い込む【大富豪シリーズ】

# 契約婚の、その後は

　日が昇り始めた春の早朝、セットされていない髪がかかる綺麗な寝顔を眺め、名残惜しさを感じながらベッドを抜け出す。

　昨夜は彼にたくさん愛でられて熱く火照っていた素肌が、ひんやりとした朝の空気で冷やされるのを感じながら、脱ぎ散らかした服を手に取った。

　着替えてリビングダイニングに向かい、昨日夕飯として作った料理をテーブルに並べる。彼が帰宅してすぐにお互いその気になり、疲れ果てるまで抱き合ってそのまま眠ったから食べ損ねてしまったのだ。

　そうしているうちに、最愛の旦那様も寝室から出てきた。まだ眠そうな顔で微笑み、私を優しく抱きしめてキスをする。付き合いたての恋人同士みたいに。

　甘く愛し合った余韻が抜けていないような、幸せな朝。この時間がずっと続いてほしいと願ってしまうけれど、私はもう決めた。

　優秀で私にはもったいないほど完璧な彼でも、まさか幸福な日々が終わりに近づいているとは予想していないだろう。

いつものようにふたりで向かい合って椅子に座ると、小さく深呼吸した私は意を決して彼に伝える。

「誠一《せいいち》さん。私と、離婚してください」

――私たちは、お互いにとってメリットがあるため結婚した夫婦だ。最初に決めた契約期間は一年、その最終日は数日後に迫っている。

契約結婚から生まれる、本物の愛。そんなフィクションのごとく奇跡的な恋愛を、この一年で私たちも経験することができた。しかし私は、このまま契約期間を満了して夫婦関係を終わりにするつもりだ。

愛し合っているのに別れを選ぶなんて、愚かなことだと重々承知している。けれど、一緒にいたら迷惑をかけてしまうだけ。彼が大切だからこそ、これ以上自分が彼の負担になるわけにはいかない。

怒りとも悲しみともつかない表情にみるみる変わっていく最愛の人の姿を、私は自分への罰だと思いこの目に焼きつけていた。

# シンデレラは涙する

カナダ西部にあるブリティッシュコロンビア州の最大都市、バンクーバーの四月の風景は少し日本と似ている。気温は東京《とうきょう》よりもやや低いが、空港から有名な観光スポットであるスタンレーパークに向かう間、たくさんの桜が咲いていた。

海沿いの遊歩道からは、港の向こうに立ち並ぶビルとそびえ立つ雪が残る山々が一望でき、そこに桜が合わさってさらに絶景だ。

しかし今、私はその景色を堪能する余裕などない。これから大事な大事な妹の結婚式なのに、目的のバス停を間違えてひとつ前で降りてしまい、いまだに式を行うガーデンにたどり着けていないから。

ここスタンレーパークは美しいビーチや水族館などがあり、パーク内にバスが走っているほど広大な自然公園だ。一停分とはいえ自分の足で向かうとなると結構な時間がかかる上に、パンプスだから走りにくい。ドレスアップした姿で疾走する姿は、外国人にかなり注目されているけれど構っていられない。

式が始まってしまったらどうしよう⁉と焦っていたものの、なんとか会場のすぐ近くのバス停を発見した。

よかった……！　ここまで来れば安心だ。肩で息をしながら安堵して一度足を止め、時間にも間に合うことを確認して再び歩き出そうとした、その時だ。

急に片足のパンプスが脱げ、バランスを崩す。「きゃ……！」と小さく叫び、転ぶのを覚悟して目をつむった瞬間、私の身体は誰かにしっかりと受け止められた。

目を開くと、光沢のある淡いパープルのネクタイが映る。逞しい胸に飛び込んでしまい、慌てて「すみません！」と謝って顔を上げた。そこにあったのはとても美麗な男性の顔で、思わず息を呑む。

どこかミステリアスな美しさのある切れ長の瞳、高くまっすぐ通った鼻筋に薄めの唇。その顔によく似合う、ややウェーブのかかった大人の色気を感じる髪。おまけに百八十センチはあるだろう高身長で、どれを取っても文句なしの男性だ。

おそらく日本人……だよね？と思うと同時に、彼が口を開く。

「危なかった……大丈夫ですか？」

「あっ、だ、大丈夫です！　いきなり靴が脱げちゃって……お恥ずかしい」

やっぱり日本人だ。話が通じるだけですごくほっとしながら、まぬけな自分にえへへと苦笑いした。

すると彼は「ちょっと待っていて」と言って私から離れ、明後日の方向に転がっているパンプスを拾い上げる。こちらに戻ってくると私の前にしゃがみ、自分の肩に手を置かせて、なんと脱げたほうの足を持ち上げるではないか。

予想外すぎて、私は「えっ⁉」とすっとんきょうな声をあげてされるがまま。彼は靴を履かせると、こちらを見上げて微笑む。

「シンデレラかと思いました。怪我はなさそうでよかった」

魅惑的な笑みと茶化すようなひと言で、ぶわっと顔が熱くなった。王子様さながらの男性にこんなことをされて、いったいどうリアクションすれば……⁉

「は、はい、おかげ様で……！　ありがとうございました！」

色気もセンスもない言葉を返し、がばっと勢いよく頭を下げると、彼の顔もあまり見ないまま走り出した。ガラスの靴ではなく、ただのパンプスで。

びっくりした……まさかあんなに素敵な男性に助けられるなんて。さっきまで間に合うかどうかでドキドキしていたのに、今はまた別の意味で心臓が騒がしい。

想定外の出来事に動揺しまくったけれど、ひとまず着飾った参列者が集うガーデンにたどり着き、ほっと胸を撫で下ろした。挙式にはアテンダーがついていて、準備はすべてお任せにできるとのことだったので、皆と一緒にお披露目を待つ。

ほどなくして、緑の絨毯が敷かれ花に彩られたローズガーデンに新郎新婦が現れ、挙式が始まった。今しがたのハプニングは一旦忘れ、素敵な景色に負けないほど綺麗な花嫁を感動しながら見つめる。

優しそうなカナダ人男性の隣で、レースがあしらわれた純白のウェディングドレスを纏って微笑んでいる。彼女は一歳差の年子の妹、柚谷《ゆずたに》梨衣子《りいこ》だ。顔はよく似ているけれど、私はあんなに幸せそうな笑顔はたぶんできない。

天真爛漫な梨衣子と、どちらかと言えばおっとりした性格の私、芽衣子《めいこ》。幼い頃からなにをするにも一緒で、私たちが高校生の頃にシングルマザーだった母が病気で亡くなってから、二十五歳になる今までずっと助け合って生きてきた。

常にお金はなくて貧しかったし苦労もたくさんしたけれど、ふたりだから笑って乗り越えられた。自分よりも大切で大好きな彼女が、これからは私のそばを離れて新しい家庭を作っていく。今日は私にとってもかなり特別な一日だ。

彼女が恋に落ちたのは、日本の同じ会社で働いていたディランさんという男性で、つい先日入籍し、カナダに新居も構えた。まさか国際結婚するとは、私も梨衣子本人も夢にも思わなかったけれど、これこそ運命というものなんだろう。

結婚式はごく少数の親しい人だけで行われている。カナダで挙げることにしたのは、梨衣子がこちらに移住するのと、ディランさんの親戚や友人が多いからなのだが、海外旅行なんて縁がなかった私のためでもあるらしい。

『広い世界を見せてあげたいの。ずっと贅沢してこなかったんだし、いい思いしてよ』と言って、今回の旅費はすべて梨衣子夫妻が支払ってくれたのだ。

確かにこういう機会じゃないと絶対に来なかっただろう。梨衣子だって、ディランさんと付き合うようになってから海外へ連れていってもらうようになったのだし。

彼とは私も何回か会ったが、真面目かつとても穏やかで、梨衣子を心から愛して大切にしてくれている。堅実で経済的にも安心できる人だし、素敵な人と結ばれて本当によかった。

指輪を交換し、誓いのキスをするふたりの姿に自然に笑みがこぼれ、温かな拍手を送った。

ひと通りセレモニーが終わったら、少し場所を移動して集合写真を撮るらしい。バンクーバーでの結婚式は自由度が高いようで、こうして移動する間も新郎新婦と話す時間はわりとある。

私は梨衣子のそばに歩み寄り、挙式の余韻を抱いたまま話しかける。

「梨衣子、すごく素敵な式だったよ。ふたりとも絵になってて、恋愛映画見てるみたいだった」

「え〜照れるじゃ〜ん。まあ、全部このドレスと異国の地のおかげだけどね」

にんまりと頬を緩めた彼女は、綺麗なネイルを施した指でドレスのスカートをちょいっと持ち上げてみせた。

即座にディランさんが反応し、サッと彼女の細い腰を抱いて真剣に訴える。

「そんなことナイナイ！　梨衣子は actress みたいに可愛いんだから、ドレスはおまけだヨ」

「んっふふ。ちょっと、ディランのせいで変な笑い方しちゃった」

甘く褒めちぎる旦那様に、梨衣子は嬉しさを隠せない様子。周りにハートを飛ばしているようなふたりは、本当に仲睦まじくてほっこりする。

微笑ましくふたりを見ていると、梨衣子がこちらを振り向いて「芽衣ちゃん」と呼ぶ。年があまり変わらないので、〝お姉ちゃん〟ではなくいつの間にかこう呼ばれるようになっていた。

「昨日は観光に連れ回しちゃったけど疲れてない？　楽しめてるかな」

「大丈夫、すごく楽しんでるよ！　梨衣子が『広い世界を見せてあげたい』って言った気持ちがよくわかった」

心配そうな顔をする彼女に、私は明るい笑顔を返す。

来る前は不安が大きかったものの、ホテルも日本語が通じるところを予約してもらったし、昨日は梨衣子が街を案内してくれたから普通に旅行を楽しめた。

バンクーバーは日本人やアジア系の人が多くてわりと馴染みやすい国だけれど、当然日本ではないので戸惑うことばかりだ。でも逆に、外国だからこそ変に気を遣わなくていい部分もある。

梨衣子と同じ目がぱっちりした顔立ちとはいえ、私はメイクが上手ではないので彼女より素朴に見える。私が着ているダスティピンクのパーティードレスはセールで安く買ったものだし、肩につくくらいの髪はサイドを編み込みにしてみたが、不器用さがわかる拙い出来だ。

これが日本だと必要以上に周りの目を気にして勝手に落ち込んでしまったりもするが、ここではそんな細かい部分は誰も気にしないだろうなと思える。そもそも人種が違うのだからと、いい意味で開き直れるのかもしれない。

こうやって肌や目の色が違ういろんな人たちの中にいると、自分は狭い世界で生きてきたんだなと感じる。「連れ出してくれてありがとね」と私も感謝を告げると、彼女はほっとしたように口元を緩めた。

ただ、やっぱり旅にトラブルはつきものだ。初海外となればなおさら。

「まあでも、ここに来るまでにちょっとしたトラブルがあったんだけど……」

「えっ⁉」

ギョッとする梨衣子に、バス停を降り間違えたことと、転びそうになって日本人男性に助けられたことを話した。

すると、いつもに増して綺麗な彼女の顔がみるみる輝き、興奮気味に腕を掴まれる。

「なに、そのアニメのプリンセスみたいな出会い方！　運命的！」

「いや、出会ったとは言ってもあの瞬間だけで、もう会うことはないだろうから」

なにかを期待しているような妹を軽く笑って宥めた時、ディランさんがどこかに目を向け、「Ｏｈ～、誠一！」とテンション高く誰かの名前を呼んだ。私たちもつられてそちらを見やる。

「It's been a while! Good to see you again.（久しぶり！　会えて嬉しいよ）」

「Yeah. How have you been?（本当にな。元気だったか？）」

彼の感激したような声に続いてネイティブな英語を返す男性も、嬉しそうに表情をほころばせてディランさんの肩を抱く。

会話だけ聞いてディランさんと同じカナダ人かと思った私は、顔を見て驚愕した。

目鼻立ちがとても整った、芸能人かと思うほどご尊顔の彼は、先ほど助けてくれた男性だったのだから。

「お、王子様……」

つい口からぽつりとこぼれた。まさか、彼はディランさんの友人だったの⁉

さっきはしっかり見る余裕がなかったけれど、高級そうなフォーマルなスーツも完璧に着こなしていて、確かに参列者だとわかる。

呆気に取られる私に、梨衣子は興味津々な様子で耳打ちしてくる。

「超絶イケメンだよね～。ディランの友人の羽澄《はすみ》誠一さん。学生時代にこっちに留学してて、同い年ってのもあってディランと仲よくなったんだって。仕事の合間にわざわざ来てくれたみたい」

こちらで仕事をしているのか。どうりで英語もペラペラなわけだ。

「ハイスペなのは容姿だけじゃないんだよ。なんとあのハスミグループの御曹司だっていうんだから、驚きだよねぇ」

「おっ、御曹司⁉」

思わず叫びそうになるも、慌てて口元に手を当ててなんとか声を抑えた。そんな単語をリアルに聞くことになるとは……！

しかも、ハスミグループは国内最大手の航空会社『日本アビエーション』やターミナルビルを運営し、日本を牛耳っている巨大グループ企業だ。この名前を知らない人はいないだろう。

まさか、そんなに地位の高い方だったなんて！　同じ日本人なのに別世界の人という感じ。

開いた口が塞がらない私をよそに、梨衣子は「まあ、ディランには敵わないけどー」と自慢げにのろける。どんな男性よりも旦那様が一番だと思えるなんて羨ましい限り。

すると、その御曹司様がこちらに向き直るので、私たちは咄嗟に背筋を伸ばした。真正面から顔を合わせて微笑まれると、やはり彼の持つ魅力に圧倒される。

「はじめまして、羽澄です。ディランから、よく梨衣子さんののろけ話を聞かされていましたよ。おめでとうございます」

「ありがとうございます！　この人大袈裟なんで、お恥ずかしい限りです」

照れて謙遜する梨衣子に、ディランさんはまたしても「オーゲサじゃない！」と物申す。ふたりのやり取りに穏やかに笑う羽澄さんは、今度は私に目を向けた。

「先ほどはどうも。きっと目的地は同じだろうと思ったので声をかけようとしたんですが、疾風のごとく逃げられてしまったので」

「す、すみません！　まさかあなたも参列者だとは……」

どきまぎしつつ話していると、梨衣子は彼こそが助けてくれた王子様だと察したようで、めちゃくちゃにんまりしていた。

羽澄さんは、私と梨衣子の顔を見比べて言う。

「梨衣子さんとは姉妹だったんですね。双子みたいにそっくりだ」

声も流麗で素敵な彼に、そういえば自己紹介がまだだったと気づき、口角を上げて軽くお辞儀をする。

「姉の柚谷芽衣子です。年子なので、よく双子に間違えられます」

「私たちはそこまで似てないと思ってるのにね。とりあえず姉には泣きぼくろがあるので、それで見分けてください」

梨衣子の言う通り、私の左目の下には小さなほくろがある。目や唇の形も違うのだが、これが一番わかりやすいので周りの人にはいつもこう教えているのだ。

羽澄さんはふいに前のめりになり、私のほくろを確認してくる。

……少し色素が薄くて、涙袋がある色っぽくて綺麗な目。こうやって男性に間近でじっと見つめられるのには慣れていなくて、つい目が泳いでしまう。

「ああ、本当だ。しっかり覚えましたよ、芽衣子さん」

やや上目遣いでふっと笑みをこぼす彼に、否応なくドキッとしてしまった。なにも特別なことは言っていないのに、この人からはなぜ色気を感じるのだろう。

頬に熱が集まるのを感じつつ、とりあえず微笑んでおく。私たちのそばでは、ディランさんたちが相変わらず甘い雰囲気を漂わせている。

「もし梨衣子と芽衣子サンが双子だったとしても、僕は絶対間違えないから安心シテ」

「本当に？　酔ってても？」

「Of course!」

仲よく話しているふたりを見ていると安心する。同時にとても切なくなるけれど、それをひた隠しにして梨衣子に声をかける。

「素敵な人に出会えて本当によかった。梨衣子の幸せが私の幸せだから」

彼女の細い腕にそっと触れて、嘘偽りのない言葉を告げた。自分の人生がたいしたものじゃなくても、この子が幸せに暮らしてくれるならそれでいい。

梨衣子は一瞬真面目な顔になった後、ほんの少し憂いを帯びた笑みを浮かべる。

「……そうやって、芽衣ちゃんはいつも自分より私を優先してくれてたよね。小さい頃から、好物のケーキやお菓子を私に譲ってくれたりしたでしょ。私が専門学校に行くか働くかで悩んでた時は、『私は特に夢がないから、梨衣子が代わりに叶えてよ』なんてカッコつけて、学校に行かせてくれた」

しんみりした調子で語られ、当時の記憶が蘇る。懐かしむ私に、彼女は申し訳なさそうに「たくさん我慢させてごめんね」と謝った。

梨衣子がグラフィックデザイナーになりたがっているのには気づいていたから、母が遺したお金は彼女の進学に使ってもらい、私は高校を卒業してすぐに就職した。その時に始めた羽田空港《はねだくうこう》での清掃員の仕事は、今もずっと続けている。

彼女に言ったのはカッコつけたわけじゃなく、本当にやりたいことが見つけられなかったのだ。いやむしろ、梨衣子との生活のために働くのが目標になっていたかもしれない。

だからなにも謝る必要はないと伝えたくて、首を横に振り「梨衣子……」と言いかけたものの、彼女が凛とした笑みを浮かべたので口をつぐんだ。

「今度は私が姉孝行するから、誰よりも幸せになるんだよ。もう私のためじゃなくて、自分のために生きていってね。これまで本当にありがとう」

ほんの少し瞳を潤ませ、私の手を握って投げかけた彼女の力強い声が、心の奥にずしりと届いた。

嬉しさよりも、私はお役御免となったのだと実感が湧いてきて空虚感が上回る。……梨衣子に〝行かないで〟とすがりたくなってしまう。

『自分を大切にしてくれる人、大切にしたいと思える人に優しくして、尽くしなさい』

幼い頃、母はよくそう言っていて、亡くなる直前にも同じことを私に伝えた。実際、彼女はいつも自分より私たちを大事にしてくれていた。

遺言のようなそれを守って、母の代わりに私が梨衣子に尽くしてきたけれど、決して義務のように感じていたわけじゃない。むしろ私の生きがいになっていたのだ。

大好きな妹も、生きがいも失ってしまうと思うと悲しみが込み上げてくる。泣かないと決めてずっと抑えていたのに。

なんとか口角を上げようとした時、写真を撮る準備ができたらしくカメラマンの男性から声がかかった。私から手を離して愛する人のもとへ向かう妹を、私はただ見ているしかない。

ぼうっとしていると、背中にそっと手を当てられてはっとする。振り仰ぐと、羽澄さんが穏やかな表情で私を見下ろしていた。

「芽衣子さん、俺たちも行こう」

「あ……はいっ」

促されてようやく足を踏み出せた。移動するほんのわずかな間に涙腺を引きしめる。

よく手入れされた芝生を彩る花と木々をバックに、新郎新婦を挟んで参列者が並ぶ。

隣にいる梨衣子が明るく笑っているおかげで、私も自然に口元がほころび、ちゃんと笑顔の写真を残せた。

写真撮影の後は、この公園のパビリオンとなっているレストランで食事会をする。

そちらへ向かおうとした時、ディランさんのご両親と話す羽澄さんの姿が目に入った。

とても流暢に会話していてカッコいいな、と見惚れていると、外国人の参列者も羽澄さんに話しかけてくる。彼らはまるで芸能人にするかのように、握手を求めて喜んでいるように見えた。

日本随一のグループ企業の御曹司は、海外にまでその存在を知られているのだろうか。すごすぎる……と目を白黒させていると、話を終えた彼はなぜか踵を返してここを去ろうとする。

その瞬間にたまたま目が合ったので、私も話しかけてみる。

「羽澄さん、食事会には出ていかれないんですか?」

「ちゃんと参加したかったんだが、勤務がどうなるかわからなかったから一応遠慮しておいたんだ。式だけでも見られてよかったよ」

「お忙しいんですね。梨衣子たちの友達の輪に入るのは気が引けるし、一緒に話せる日本人は羽澄さんくらいだったので寂しいです。海外旅行が初めてだから、ちょっと心細くて」

ふたりの同僚の日本人も数人いるのだが、私はその中に入っていけるような積極的なキャラではない。本音を吐露し、眉尻を下げて微笑むと、彼はなにか考えるような仕草をして口を開く。

「海外は初めてか。殻つきのロブスターの食べ方はわかる？」

急にそんな質問をされ、私はキョトンとして首を横に振る。

「いえ、わかりません。ロブスターも、伊勢海老すらも食べたことないですし」

「この後の食事会で出るかもしれない。ここのレストランの名物だから」

「そうなんですか⁉　梨衣子……昨日ずっと一緒にいたんだから教えておいてほしかった」

「妹さんと仲がいいんだな。俺はひとりっ子だから憧れるよ」

ふっと自然な笑みをこぼす羽澄さん。完璧すぎて近づきがたそうな先入観があったけれど、意外にも気さくで話しやすいのでつい口が軽くなる。

「……私たち、生まれた時から父親がいなくて。母も数年前に亡くなって、ずっとふたりで生きてきたんです。だから、人一倍あの子が大切で……って、すみません。重いですね」

「いや、なにか心に溜まってるならどうぞ話して。写真を撮るあたりからあまり表情が浮かないから、少し気になってた」

思わぬ言葉に、私は少々ドキリとした。密かに抱いていた暗い気持ちが、見てわかるほど顔に出ていたのだろうか。

そしてそれを吐き出させようとしてくれる羽澄さんは、包容力のある人だと感じる。出会ったばかりなのに、甘えていいものか。いやむしろ、あまり関係のない人だからこそ話せる気もするな。

緑のガーデンによく馴染む、レトロで重厚感ある板張りのレストランを見やる。そこへ向かっていく梨衣子を目に映しながら、私はゆっくり口を開いた。

「私は、あの子に依存しすぎなのかもしれません。幸せになってほしいって心から願ってるのに、私のそばから離れないでほしい気持ちもすごく強くて。ディランさんにも感謝してるのに、心のどこかで〝奪わないで〟って思ってる。幸せそうなふたりを見ると、嬉しい反面苦しくなるんです」

ふたりを祝福する気持ちに嘘はない。けれど、矛盾した感情を抱いているのも事実。

いくら大事な妹でも、こんなに依存するのはおかしいんじゃないだろうか。

「梨衣子がいなくなったら、私はなんのために生きていけばいいのか……。もう自分が必要とされなくなりそうで怖い。そうやって、自分のことばかり考えているのが嫌になります」

誰にも言えなかった本心を吐露し、鮮やかすぎる緑に視線を落とした。どうしようもない寂しさと相まって純粋に喜んであげられていない自分に辟易し、鼻の奥がツンとしてくる。

ダメだ。こういう時こそ笑顔でいないと、気分が落ちるだけ。込み上げるものを堪え、表情を明るくして顔を上げる。

「……すみません、今のは内緒にしておいてください！　あの子の前では、無条件に頼れる姉でいたいんです」

黙って耳を傾けてくれていた羽澄さんは、ふっと口元を緩めて「もちろん言わないよ」と頷いた。そして、穏やかな声で続ける。

「俺は、芽衣子さんが抱いている感情はごく普通のものだと思う。ずっとふたりで生きてきたのなら余計に、人一倍寂しくなるのも嫉妬するのも当然だし、なにも悪いことじゃない」

「そう、ですかね。でも……」

「君は自分よりも梨衣子さんのことを優先してきたんだろう。今悩んでいるのも、自分を優先してはいけないって心のどこかで感じているからなんじゃないか？」

まったく考えつかなかったことを指摘され、目から鱗が落ちるようだった。自覚はなかったけれど、言われてみれば自分を優先することに罪悪感のようなものを覚えるかもしれない。今も無意識のうちにそう感じていたのか。

なんだか腑に落ちて口をつぐむ私に、彼は包み込むような眼差しを向ける。

「芽衣子さんは、とても優しくて綺麗な心を持っている人なんだな。人を気にかけられるのは素敵なことだが、もっと自分の気持ちも大事にしていいんだ。彼女に見せたくないなら、ここで泣いてもいい」

こんな私もすべて受け入れてくれるような言葉が、胸にじんわりと沁み込んでいく。

正直な気持ちを必ずしも押し殺す必要はない。そう思わされた瞬間に心が軽くなり、栓が外れたみたいに涙腺が緩む。

「大丈夫。手助けが必要じゃなくなっても、君の存在自体が梨衣子さんの心の支えになっているはずだから。彼女にとって、君が大事な人であることには変わりない。一生、なにがあってもね」

彼の微笑みと言葉ひとつひとつが温かくて、みるみる不安が和らぐ。ずっと我慢していた涙が、ここへ来て呆気なくぽろりとこぼれ落ちた。

そうだよね。たとえ梨衣子がなにもしてくれなくたって、彼女が幸せに生きているだけでいいと思える。私がそうなのだから、きっと彼女も同じように思っているはず。人前で泣いたのはいつぶりだろう。初めて会ったばかりなのに、こんなに心を開かせてくれる羽澄さんは、王子様というより魔法使いみたいだ。

ひとたび泣いてしまうと、途端に涙が止まらなくなる。皆レストランに向かった後でよかったと思いながら、ハンカチを取り出そうと小さなバッグを開けた時、羽澄さんが自分のそれを差し出してきた。

「っ……ありがとうございます。持ってるので大丈夫――」

遠慮しようとしたものの、彼の手がこちらに伸びてくる。なんだろうと戸惑っている間に、ネクタイと同じ色のポケットチーフが頬にそっと当てられた。

見開いた目に映る羽澄さんは、涙のせいか麗しさが増しているように見える。メイクを崩さないように丁寧に目元を拭ってくれて、鼓動が激しく乱れた。

恥ずかしさでドキドキしつつ、彼の手が離れると同時にはにかんで俯く。

「すみません、ハンカチを汚してしまって……」

「涙は汚くなんかないよ」

さらりと口にされたひと言にも、こちらに気を遣わせない優しさが表れている。どれもスマートに感じるのは、羽澄さん自身が放つ高貴な雰囲気のせいだろうか。

涙が落ち着いてきて照れ隠しの笑みを浮かべると、彼も安堵したような表情になり、軽い口調で言う。

「殻つきロブスターの食べ方、教えてあげようか」

「お願いします」

さっきとは打って変わってすっきりとした気分で答え、目を見合わせて笑った。

食事会が始まるまでの少し間に、羽澄さんは丁寧に食べ方を伝授してくれた。

異国の地の、花に囲まれたガーデンにふたりきり。ロマンチックなシチュエーションで話すのはロブスターの食べ方という、なんとも不釣り合いな状況だけれど、私にとってはとても特別なひと時だった。

「じゃあ、俺はこれで」

「本当にありがとうございました。羽澄さんのおかげで、気持ちが軽くなりました」

去ろうとする彼に、私は感謝を込めて頭を下げる。

私たちは今日限りで、きっともう会うことはないだろう。一度だけでも接することができた満足感と、妙な物寂しさが入り混じり、複雑な気分でまつ毛を伏せた。

「……またいつか、日本で会おう」

「え？」

ふいに、まるで約束しているかのようなひと言が告げられ、私はぱっと顔を上げる。

羽澄さんはどことなく含みのある笑みを浮かべ、こちらを見つめている。

「願望は口に出すと叶うってよく言うだろ。さらに断定的にすると、その通りになる力が働くらしい。本当なのか試してみないか？」

予想外の提案にキョトンとする私。願い事を口にすると叶いやすいという話は私も聞いたことがあるし、〝会いたい〟じゃなく〝会おう〟という言い方には、確かにより強い意思を感じる。

つまり、羽澄さんの願望って……私とまた会いたいと思ってくれているということ？

そう解釈した瞬間、トクンと軽やかに胸が鳴った。もしも叶うなら私も会いたいという願いが心に浮かび、自然に表情がほころぶ。

「はい。また会いましょう」

彼に倣って、私も断定的にしてみた。素直にそう口にできたのは、自分の気持ちを大事にしていいと言われたおかげかもしれない。

羽澄さんは小さく頷き、魅惑的な笑みを残して歩き出す。

彼の凛とした後ろ姿をしばし見つめていると、最初に会ったバス停の辺りで見るからに高級そうな車が停まっているのに気づいた。その運転席から下りてきた男性がドアを開け、羽澄さんはそこに乗り込む。

あれはハイヤーだろうか。さすが御曹司、移動までスマートでため息がこぼれる。そんなお方と話してしまったなんて、夢でも見ているみたい。

連絡先も、どこに住んでいるかすらも聞かずに、奇跡のような再会を願って彼は去っていった。儚くて心許ない別れだけれど、不思議と私たちにはこれが合っているような気がする。

ゆっくり動き出す車を見送り、別方向へ歩き出す私の胸はしばらく高鳴りがやまなかった。

# 御曹司は熱烈求婚する

　食事会も無事に終わったその日は、前の晩と同じホテルでひとりの夜を過ごした。梨衣子と笑顔で別れられたことで、もちろん寂しさはあるものの、それを上回る充足感を抱いて。

　明日から本格的にひとりの生活が始まるけれど、なんとかやっていけそう。どれもこれも羽澄さんのおかげだ。

　清々しい朝を迎え、朝食を済ませたら忘れ物のないようしっかりチェックをしてホテルを後にする。レインクーバーと呼ばれるほど雨の多いバンクーバーだが、今日も雲は薄くすっきりとした青空が覗いている。

　バンクーバー国際空港へ向かい、搭乗手続きを終えて歩き出した時、「芽衣ちゃん！」と聞き慣れた声がした。ぱっと振り向くと、昨日の晴れ姿とは一変したカジュアルなスタイルの梨衣子とディランさんが手を振っていて驚いた。

　結婚式の翌日で疲れているだろうから見送りはいいよと遠慮したのに、ふたりともわざわざ来てくれたらしい。すごく嬉しいけれど、申し訳ない気分にもなる。

「梨衣子！　もう、大丈夫って言ったのに。ふたりとも疲れてるでしょ？」

「へーキへーキ、問題ないヨ」

「そうそう。だって、やっぱり会わずに離れるなんて嫌だったからさ。え、来ないほうがよかった？」

「違うよ、私だって来てほしかったけど！」

　思わず本音を言ってしまい口をつぐむと、梨衣子はクスクスと笑った。羽澄さんとの会話が脳裏をよぎり、私は自分の気持ちを押し殺すのが癖みたいになっていたんだなと気づく。

　梨衣子は微笑みつつも少し真面目な表情になり、私の腕をそっと掴む。

「そうやって遠慮するだろうから言っておくけど、なにか困ったこととかあったらすぐ連絡してね。頼られたほうがこっちは嬉しいの。私はディランの妻っていう前に、芽衣ちゃんのたったひとりの家族なんだから」

　彼女の親身な思いが伝わってきて、また目頭が熱くなった。

　これまでずっと梨衣子のためになにかしてあげたくて頑張っていたけれど、自分も頼っていいのだと改めて感じさせられる。全部、羽澄さんの言う通りだったのだ。

　瞬きで涙を散らし、晴れやかな笑顔を返して頷く。

「そうさせてもらうね。ありがとう。でも、ひとりでもなんとか頑張れそうだから、梨衣子も心配しないで」

強がりじゃなく、今は本当に心が前向きになっている。きっと梨衣子が温かい言葉をかけてくれただけでなく、羽澄さんが私の気持ちを汲み取って励ましてくれたおかげもあるだろう。

私の笑顔を見て、梨衣子も安堵した様子だ。長い休みが取れたらまた会おうと約束をして、私たちは少し涙ぐみながらも明るく一時の別れを告げた。

ひとり乗り込んだ羽田空港行きの日本アビエーション305便は、ほぼ満席の状態で定刻通りに離陸した。飛行機に慣れていない私は、離着陸の瞬間は毎回ドキドキしてしまう。

とても素敵だったバンクーバーの街があっという間に小さくなっていくのを、センチメンタルな気分で見下ろす。やがて雲を抜け、真っ青な空を悠々と進んでしばらくすると、機長からのアナウンスが流れる。

《ご搭乗の皆様こんにちは。操縦席、当便の機長でございます。本日も日本アビエーションをご利用いただき、誠にありがとうございます》

あれ？　この声って……。ふと頭の中である人の姿が浮かび、アナウンスに耳を澄ませる。

穏やかかつ芯のある低めの声、丁寧で安心する話し方、それは昨日聞いた羽澄さんのものとよく似ている。

日本アビエーションはハスミグループの中でも重要な企業のひとつだ。羽澄さんの職業は聞いていないけれど、まさか……。

いやいや、さすがに違うよね。彼がこの会社で働いているとしても、きっと経営のほうを担っているだろうし、パイロットなんてことはないだろう。

ちょっとした繋がりがあるだけで羽澄さんの声に聞こえてしまうなんて、昨日の印象がよっぽど強かったのか。

心に芽吹いていた、また会いたいという気持ちが、日を浴びたように一気に大きく伸びる感覚を覚える。しかし現実はそんなにうまくいかないとわかりきっているので、なんとなくもどかしさを抱いて窓の向こうに目をやった。

それから約十時間。順調に飛行を続けて、ようやく日本の海岸線が見えてきた。こちらの天気はいまいちで、雨は降っていないが厚い雲に覆われている。

先ほど、まもなく着陸態勢に入ることと、羽田空港周辺で強風が吹いているため大きく揺れるかもしれないとのアナウンスがあった。確かにすでに機体は風を受けてガタガタと鳴っているし、時々左右に揺られて安定していないのはわかる。

これで本当に着陸できるのかなとやや心配しつつ、すぐそこまで接近する滑走路を眺めていた時、機体が一瞬左にぐらっと傾いた。

なんとも言えない怖さを感じて心臓がぎゅっと縮む感覚を覚えた瞬間、エンジン音が大きくなって加速し、窓から見える羽根が滑走路から離れていく。機体は再び上昇し、他の乗客もざわめいた。

それからすぐ、CAさんのアナウンスで着陸をやり直す旨が伝えられる。飛行機に乗ったのは過去数回しかないけれど、きっとこうなることは多くないはず。

初めての経験で不安が大きくドキドキしていると、しばらくして機長からのアナウンスが入る。

《ただいま強い横風が吹きまして、姿勢を崩してしまったため安全を考慮して着陸を中断いたしました。これから羽田空港に再度着陸を実施いたします。再び大きな揺れが予想されますが、安全性には影響ありませんのでご安心ください》

落ち着いた声での説明が聞けて、ほんの少しほっとする。しかし、周りの反応は様々だ。

私の右側、ひとつ空けて隣の座席に座っている六十代くらいの女性は、まだ不安そうな表情でしっかり手を握っている。かたや私の後方では、おそらく中年の男性が「ったく、予定が狂っちまう」などとぶつぶつ呟いている。

風に煽られたあの状態で無理に着陸を試みたら、最悪の事態に陥る可能性があることくらい私でもわかる。パイロットは万が一を考えて安全を最優先しているのだから、文句を言うのはどうなんだろう。

平和だった機内が不穏な空気で満ち始めた時、この状況を見ているかのごとく機長が言葉を続ける。

《お急ぎのところ、到着が遅れ大変申し訳ございません。あと十分ほどお時間を頂戴いたします。今年の東京の桜は少し開花が遅れ、今はまだ八分咲きだそうですが、満開となる前には着陸いたしますのでご安心ください》

緊迫した状況を感じさせない言葉で一瞬静かになった後、周囲から小さく笑う声が漏れた。皆がほっこりしたように、張り詰めていた空気は穏やかなものに変わる。

今のは皆の心を解すために言った、機長の優しい冗談だったのだろう。堅苦しくないひと言のおかげで不安が取り除かれ、隣の年配の女性もわずかに表情が緩んでいるし、後ろの男性からも文句は聞こえなくなった。

アナウンスをただマニュアル通りにするだけじゃない心配りに、なんだか胸が温かくなる。

《それでは皆様、また地上でお会いいたしましょう。本日はご利用いただき、誠にありがとうございます》

この人になら任せられるという安心感を抱かせて、アナウンスは終了した。同時に、もしかしたらという期待が捨てきれなくなる。

今の挨拶が、『また会おう』と言った羽澄さんの声と重なったから。

いろいろな意味で緊張が増す中、再び着陸態勢に入った機体は、必死に風に耐えながら滑走路へ向かっていく。ところが、窓から見える景色が先ほどとは少し違い、違和感を抱いた。

これって、機首が滑走路に対して正面を向いていない……？　えっ、斜めになったまま着陸するの⁉

ギョッとしたのは私だけではないらしく、周りからも戸惑いの声が小さくあがる。しかし、滑走路にタイヤが接地する寸前、滑らかな動きで正面を向き、とてもスムーズに着陸した。

その瞬間、安堵のため息と、後ろの男性の「クラブか。やるじゃないか」と感心したような呟きが聞こえ、どこからともなく拍手が起こった。クラブの意味はわからないが、文句を言っていた彼が褒めるくらいなのだから、きっと今の着陸はパイロットの神業のようなものだったのだろう。

強風の中、安全に着陸させる素晴らしい技量と、乗客を思いやる心を持ったパイロットにただただ感服する。彼らへの敬意を込めて、私も口元を緩めて控えめに手を叩いた。

時刻は午後六時を過ぎたところ。ようやく降り立った黄昏時の日本の地は、やっぱりとても安心する。

帰る場所は築三十年越えの狭いボロアパートだけれど、私にはこれが一番お似合いだ。夢のようだった数日間を時々思い出しながら、またつつましく生きていこう。

しかしその前に、どうしても確かめておきたくなって到着ロビーに留まることにした。仕事をしている時、乗客と同じようにパイロットもここから出てくるのを見かけるから、待っていれば会えるかもしれない。

あの機長が羽澄さんである可能性は低いけれど、この直感を無視できない。こんなふうになにかが気になって仕方ない感覚は久々だ。

ロビーの椅子に座って待つこと数十分、同じ便に乗っていた人たちは皆いなくなっただろう。

到着口をぼんやり眺めていたものの、来る気配がないのでふと目線を落とすと、隣の椅子が少しだけ汚れているのに気づいた。お菓子かジュース類をこぼしたのか、拭き残しのような感じで若干べとついている。

私はすぐにバッグの中を漁り、ウェットティッシュを取り出した。それを使って、仕事の時と同じように丁寧に拭き取っていく。

羽田空港は世界一綺麗な空港だと言われている。清掃員はパイロットやCA、グランドスタッフのような花形の職業ではないが、陰でしっかり支えている仕事なので誇りを持ってやっている。勤務中でなくてもこういう汚れは見過ごせないし、ゴミが落ちていたら拾う癖がついているのは職業柄なのだ。

一応汚れは取れたけれど、専用のタオルでちゃんと拭きたいなと思っていた時、そばに誰かが近づいてきている気配を感じた。

「君が綺麗な理由がわかった気がするよ」

コツコツと品よく鳴る靴音と、聞き覚えのある声に耳が反応する。ぱっと振り向いた瞬間、金の葉の刺繍がついた制帽を被り、誰をも魅了するような笑みを湛える男性を捉え、大きく目を見開いた。

「本当に願いが叶ったな。芽衣子さん」

「……羽澄さん！」

驚きすぎて、思わず飛び跳ねるように立ち上がる。その拍子にバッグを落としてしまい慌てて拾うと、同時に手を伸ばしてくれた彼と間近で視線がぶつかり、ドタバタ感がおかしくてお互い噴き出した。

機長の証である金色の四本線が入った制服姿の彼はさらに麗しい。姿勢を戻して制帽を被り直す姿からも目が離せず、本当に羽澄さんだったんだ！と、信じられない気持ちで胸が高鳴る。

「驚いた。まさかこんなに早く会えるとは」

「ほんと、びっくりです……！　私も３０５便に乗っていて、アナウンスの声が似ていたのでもしかしたらと思って」

「よく気づいたな。それで俺を待っていたのか？」

「……はい」

改めて確認されると恥ずかしくなってきて、頬がほんのり火照るのを感じながら縮こまった。

よくよく考えれば、一度会っただけの女が待っているって怖いよね？『また会おう』なんて社交辞令だったかもしれないのに。

しかも彼は御曹司でありパイロットというとんでもないスペックをお持ちで、かたや私は日々ゴミや汚れを相手にしている空気のごとく目立たない存在。こうして話していること自体おこがましいのでは？

自分の立場を理解して急にいたたまれなくなったものの、彼はそれを払拭するように微笑む。

「そうか、ありがとう。となれば、今度は簡単にさよならするわけにいかないな」

意味深な言葉を口にした彼は、目線を上げてキョトンとする私を見て問いかける。

「芽衣子さん、この後の予定は？」

「え……っと、特になにもありませんが」

「もう少しだけここで待っていてほしい。一度オフィスに戻って業務報告してくるから、それが終わったら食事をしに行こう」

まったく予想だにしていなかった提案をされ、ぱちぱちと瞬きをした私は大袈裟に背中をのけ反らせた。畏れ多すぎて到底頷けない！

「し、食事⁉　いえ、そんな……！」

「俺に会いたいから待っていてくれたんだろう？　ただ顔を見るだけでよかったの

か？」

　私の心を見透かしておきながら試すような、ちょっぴり挑発的な瞳で見つめられてドキッとする。黙り込んで目を泳がせることで肯定を表す私に、羽澄さんは不敵に口角を上げた。

「俺はこれだけじゃ物足りない。この機会を無駄にしたくないんだ。君も素直に甘えてくれ」

　彼のほうからそんなふうに言われ、胸が激しくざわめく。

　遠慮する気持ちはなくならないけれど、確かに奇跡のような再会をしたのにこのまま終わりにするのはとてももったいない。羽澄さんが誘ってくれているのに断るのも、それはそれで悪い気がするし。

「……わかりました。待ってます」

　少しだけ逡巡したのち意を決して答えると、彼はどこか満足げに微笑み、「じゃあ、また後で」とひと言残して足を踏み出した。

　黒いスーツケースを引っ張り、長い脚で颯爽とチェックインカウンターのそばにあるオフィスへ向かう彼を、胸のドキドキが止まないまま見送る。

　フロアにいる人たちが皆彼を目で追っているのがわかる。パイロットというだけでなくあの容姿なのだから、目を引くのは当然だろう。普通なら絶対に手の届かない人なのに、まさか食事をすることになるなんて。

「いつの間にか徳を積んでたのか……」

後ろ姿を眺めたまま、ぽつりと呟く。まだ続いている奇跡のような出来事は、きっとこれまで頑張ってきたご褒美なのだと思うことにした。

再び椅子に腰を下ろしてしばらく待ち、ようやく心臓の鼓動が平常な速さに戻った頃、私服姿の羽澄さんが現れた。ノーカラーカーディガンに無地のシャツを合わせたシンプルなスタイルなのに、モデル雑誌から飛び出してきたかのよう。

「お待たせ。逃げられてなくてよかった」

「逃げませんよ！」

少しだけ口を尖らせる私に、彼がおかしそうに笑う。お互いに大きなスーツケースを転がして、空港の出口に向かって歩き始めた。

歩きながら相談して、お店は羽澄さんにお任せすることにした。私は好き嫌いはないし、彼が好きなものやどんなお店に行くのかも知りたかったから。

タクシーに乗り込み、約十五分で天王洲《てんのうず》に着いた。駅で荷物を預けてから向かったのは、水辺に面した日本料理のお店。ここも羽澄さんのグループ企業の中のひとつだそうで、飲食業まで展開している手広さを改めて実感する。

一見和食屋ではなさそうな黒い外壁のコンテナハウスのような造りで、開放感のある大きな窓からオレンジ色の明かりが灯る内装が見える。とてもおしゃれなその中へ一歩足を踏み入れると、支配人らしき男性が「羽澄様、ようこそいらっしゃいました」とうやうやしく出迎えた。

当然ながら彼は堂々と挨拶を返しているけれど、私は縮こまってぺこぺこ会釈することしかできない。やっぱりこの人は格が違う……。

店内は和紙のペンダントライトや障子が使われていて、カッコよさの中に和の要素がうまく取り入れられているモダンで落ち着いた雰囲気だ。出迎えられたものだから初めは気後れしてしまったけれど、高級すぎないお店で居心地のよさを感じた。

窓際の席が運よく空いていたようで、夜景が水面に映ってゆらゆらと輝く運河を眺められる。ロマンチックな景色にうっとりしつつ、羽澄さんが帰国するとよく食べているという御膳をオーダーしてもらった。

ひと息ついたところで、リラックスした様子の羽澄さんが思い出したように問いかける。

「そういえばあの後の食事会、ロブスターは出てきた?」

「あ、出てきました！　羽澄さんのおかげで恥をかかずに済みました」

「それはなにより」

遅ればせながら感謝すると、彼は口元を緩めて湯呑を口へ運んだ。

彼の言った通り、豪快な殻つきのロブスターが出てきて目を丸くした私。しっかり身が詰まっていて汁まで美味しかったなと、濃厚な味を思い出す。それも含め、私がバンクーバー旅行を最後まで楽しめたのは、羽澄さんの力が大きい。

「羽澄さんには助けられてばっかりです。励ましてもらえてだいぶ気持ちは前向きになったし、今も奇跡的に会えてひとりじゃないことが嬉しいです」

一週間ほど前から梨衣子はバンクーバーへ旅立っていたけれど、式も終わって今日から本格的にひとりになる。アパートに帰ったらきっと孤独感が増すだろうなと覚悟していたものの、思いがけず楽しい時間を過ごせてよかった。

羽澄さんはふっと笑みをこぼし、「こんなことでよければ、いくらでも」と言う。

大人の余裕と包容力のある人だなと、つくづく感じる。アナウンスからもそれは伝わってきたし……と、先ほどの出来事を思い出した私は、興奮が蘇ってきて前のめりに話す。

「あの、さっきの操縦すごかったです！　二回目の着陸で斜めになったまま降りていくからハラハラしちゃいましたけど、強い風に負けずスムーズに着地して感動しました。皆さん拍手してたんですよ」

「ああ、あれは横風に流されないように機首を風上に向けてたんだ。カニ歩きみたいに横を向いて進むから〝クラブ〟って呼ばれてる」

「なるほど……！　神業ですね」

後ろの席の男性が呟いていたのはこのことだったらしい。あの大きな機体を操るのだからパイロットの手腕は本当にすごいなと、感服のため息が漏れた。

「そういう方法を知らないと怖かったよな」

「あはは、ちょっとだけ。でも、羽澄さんが粋なアナウンスをしてくれたから、他のお客さんも安心したみたいでしたよ。あと、〝この機長さんは絶対素敵な人だ！〟って確信してました」

なにも考えずそう口にして、言った直後に正直すぎたかなと少し恥ずかしくなった。一瞬目を見開いた彼は、口元に軽く丸めた手を当ててぷっと噴き出す。

「そう？　芽衣子さんは本当に純粋で可愛いね」

気を許したように笑う姿と、さらっと口にされた甘いひと言に、胸がきゅうっと締めつけられた。

男性に『可愛い』と言われた経験があっただろうか。お世辞だとしてもこういうことに対する免疫がなくて、どう反応したらいいのかわからない。

あからさまに動揺し、とりあえず飲んだ温かいお茶でむせそうになりつつ、なにか別の話題がないかと頭の中で検索する。

「は、羽澄さんは、どうしてパイロットになったんですか？　グループの中に航空会社があるから、身近な存在だったとか？」

なんとか平静を装って、無難な質問をしてみた。彼のほうは当然ながら涼しげな表情になっていて、わずかに考えを巡らせるようにして「ああ」と頷く。

「小さい頃からよく飛行機に乗っていたから、自然とパイロットに憧れてたな。両親や周りからは、グループの会長である父の跡を継いでほしいとずっと頼まれてて、経営学部のある大学に進学する予定だったんだが、夢を諦めきれなくて急きょ航空大学校に変更したんだ。おかげで周りは大騒ぎ」

いたずらっ子のようにククッと笑う彼だが、急に進路を変えて難関の航空大学校に受かるなんて、相当な努力が必要だったんじゃないだろうか。

「並大抵じゃないですよ、そんなことができるなんて」

「いや、昔からパイロットになるための勉強ばかりしていたからね。それに、反対を押し切って自分の道に進んだからには、結果を出さなきゃいけなかったし。まあ、好きなことだからがむしゃらにやれたんだよな」

懐かしむような目をして語る彼が、とても眩しい。がむしゃらになれるほど、私には好きなこともやりたいこともない。強い意志を持って行動してきた羽澄さんに、憧れと尊敬が混ざったような気持ちを抱いた。

航空大学校を卒業してからもエリート街道まっしぐらなのは明白だが、いったいいつ機長に昇格したのだろう。

「羽澄さんはディランさんと同じ三十三歳ですよね。機長になったのは何歳の時なんですか？」

「三十一。当時は日本アビエーションの子会社にいて、そこは研修期間が短いから他社より早く機長になれたんだ」

「す、すごすぎます……！」

羽澄さんはなんてことないというふうに答えるが、こちらは開いた口が塞がらない。そんな若さで機長に上り詰めたなんて、受験だけじゃなく昇格試験などもきっと一発で合格してきたのだろう。

驚きを隠せない私に対し、彼は口角を上げつつもふいにまつ毛を伏せる。

「早くひとり立ちしたかったんだよ。こうやって好きにやっていられるのも時間の問題だろうから」

そう呟いた彼の表情に、どこか陰が落ちたように感じる。時間の問題というのはどういうことだろうと気になったものの、ちょうど料理が運ばれてきたので詳しく聞くことはできなかった。

大きな美しい器に数種類のおかずが品よく盛られた御膳を、手を合わせてさっそくいただく。数日間日本にいなかっただけで和食が恋しくなっていたようで、素材の味を活かした料理はどれもとても美味しい。

新鮮なお刺身も上質な脂が乗っていて、普段自分が買うものとは全然違う。「とろける〜」と声をあげて舌鼓を打つと、羽澄さんも嬉しそうにしていた。

「料理もすごく美味しいし、景色も最高で素敵ですね。私、外食はあまりしないので、こういうお店を全然知らなくて」

「ちゃんと自炊してるのか。えらいな」

「昔からお金がなくて大変だったせいか、節約するのが癖みたいになってるだけですよ。清掃員のお給料じゃ心許ないですし」

必要以上の出費をせず、なんとなく不安で貯めているのだが、つまらない人生だよなとも思う。梨衣子に『自分のために生きてね』と言われた通り、これからはもう少し好きなことに使おうか。

「でも、もう貯金ばかりしなくてもいいなって思ってます。ここの代金もちゃんと支払いますからね」

「支払わせる気なんて最初からないよ。俺にカッコつけさせてくれ」

苦笑混じりに言われ、そうか、こういう時は男性を立てるべきなんだと反省する。

〝すみません〟と口から出そうになったけれど、ここもきっとお礼のほうがいいのだろう。「ありがとうございます」と微笑み、ぺこりと頭を下げた。

羽澄さんは綺麗な所作で天ぷらを口へ運び、ほんの少し心配そうな表情を見せる。

「しかし、そんなに苦労してきたとはね。妹さんがいたから生活費は折半していたんだろうけど、これから大丈夫なのか？　食費はかからなくなっても、家賃や光熱費はたいして変わらないだろ」

「貯金がまったくないわけじゃないので、ひとりでもやっていけますよ。家賃はかなり安いですし」

羽田空港まで電車で約十五分の場所にあるわが家は、２ＤＫでまあまあな広さのアパートだが、なにせ築年数が経っているので東京の家賃相場からするとだいぶ安い。

アパートの周辺は似たような家がたくさんあり、だいたいの人が質素な生活をしている印象だ。あけすけに言えば、貧困層が集まっている地帯といえるだろう。

それを聞いた羽澄さんは、わずかに眉をひそめる。

「それは……治安が心配なんだが。酔っ払いがたむろしてたりしないだろうな」

確かにアパートの近くには古びた簡易宿所がいくつもあり、生活に困っている人たちも多い。昔、あの辺り一帯は日本のスラム街と呼ばれるほど劣悪な生活環境だったらしいと、母から聞いた覚えがある。

「酔っ払いさんはよくフラフラしてますね。でもそれくらいで、大きな犯罪が起きたって話はほとんど聞かないし、ずっと住んでるところなので大丈夫ですよ」

長らく土地開発もされていない場所なので昭和感満載な街だが、閑散としている分平和なものだ。むしろ飲食店も格安なところがたくさんあるし、事情を解り合える人が多いので居心地は悪くない。

にこっと笑って答えたものの、羽澄さんはなぜかため息混じりに頭を抱えてしまう。

「羽澄さん？」

「君たちのような姉妹が、何事もなく暮らせていたのが不思議だ……」

そう呟いてしばし考え込んでしまうので、私はどうしたんだろうかと首をかしげる。

十数秒後、彼はどこか真面目な表情になって私を見つめ、「食事が済んだら少し散歩していかないか」と言った。

まだ一緒にいられるらしい。いつまで奇跡が続くんだろうと思いつつも胸が弾み、私は快く頷いた。

とても美味な和食をいただいて満足した後、運河沿いのボードウォークをゆっくりと歩く。ライトアップされた橋や水門が水面に反射してうっとりするほど美しく、わずかだが桜も咲いている。とても素敵な場所なのに、わりと人が少ないので穴場なのだろう。

いつの間にか緊張も解れていて、潮風を感じながら自然体でたわいない話をする。

「東京にもこんなに綺麗な遊歩道があったなんて。なんだかスタンレーパークみたいで、式場に向かって走ったのを思い出します」

「言われてみれば、確かに風景がちょっと似てるな」

羽澄さんも穏やかな表情で景色を眺めながら頷いた。心地いい潮風を感じながら、妹がいる街を思い返してなにげなく言う。

「結婚式からもう何日も経ったような気がします。羽澄さんと会ってから、よっぽど刺激的なんでしょうね」

彼といると、自分の世界が開ける感じがする。私自身も知らなかった自分を見つけさせてくれるような、これからなにが起こるのか楽しみになるような、わくわくして新鮮な気持ちになるのだ。

生活環境もスペックもなにもかも違う人なのに、話していてストレスがないし、まったく違うからこそ惹きつけられる部分もたくさんある。こんな人に出会ったのは初めてだから衝撃的だったのだろう。

ふと視線を感じて振り向くと、夜の明かりを取り込んだ彼の瞳がこちらに向けられている。

「芽衣子さんは、結婚願望はあるのか？」

突拍子もない質問を不思議に思いつつも、彼もディランさんの結婚式を思い出してなんとなく聞いてみたのかなと、深く考えずに答える。

「それはまあ、人並みに。あいにく予定は皆無ですが」

幸せそうな梨衣子を見ると、いいなとちょっぴり羨ましくなるけれど、誰とも交際経験のない私が結婚できるのはいつになるやら。苦笑するしかない。

その時、ふいに羽澄さんが立ち止まったので、私もつられて足を止める。

「なら、君の相手に俺が立候補させてもらう」

……ちょっとなにを言っているのかわからない言葉が返ってきて、見開いた目をしばたたかせた。「はい？」とまぬけな声を漏らす私に、彼はしっかり向き直ってもう一度告げる。

「結婚しないか、俺と」

——今度ははっきりと、疑いようのないプロポーズをされた。硬直する身体に反し、心臓は大きく飛び跳ねる。

が、到底本気にはできない。一瞬動揺したものの、すぐに気持ちは落ち着いていく。

「あ、あの……さっき私のこと純粋だって言ってくれましたけど、さすがにそんな冗談を真に受けるほどじゃありませんよ」

「冗談で求婚なんかしない。至って真剣だ」

軽く笑い飛ばそうとした私に、羽澄さんは真面目な表情を崩さず言い切った。

本当に冗談じゃないのだろうか。私も笑みが作れなくなってどぎまぎし始めると、「話を聞いてくれるか？」と問いかけられる。

私なんかに結婚話を持ちかける理由はもちろん知りたい。こくりと頷くと、羽澄さんはおもむろに手すりのほうに歩み寄り、事情を話し始める。

「実は、日本アビエーションは年々減収が続いている。まだ危機的状況というわけではないが、革新的な策を講じなければいずれそうなってしまうだろう」

「そうなんですか⁉　業績が落ち込んでいるという噂は小耳に挟んでましたけど、本当だったんですね……」

　空港で働いていると航空会社の話題も時々耳に入ってくるが、確かな情報でないものは鵜呑みにしないようにしている。日本アビエーションの件も話半分に聞いていたけれど、本当に経営難だったとは驚きだ。

「航空会社は世界情勢や市況に左右されやすいからな。グループ企業の中では日本アビエーションが足を引っ張っていて、合併の話まで出ている状態だ」

　気だるげに手すりに肘をかける彼の表情も浮かない。

「そこで、父や重役たちが俺に『日本アビエーションの社長になって、経営を回復させてほしい』と頼み込んできた。今の道に進もうと決めるまでは経営の勉強もしていたし、実際に働いて会社のことはだいたいわかっているから。パイロット経験者の社長となったら話題性も抜群だしな」

　確かに異色の経歴だし、この若さで大企業の社長に就任したら相当注目されるに違いない。周りのお偉いさん方からも頼まれているなんて、羽澄さんはかなり優秀で頭の切れる人なのだろう。

でも、そうなると今の仕事を続けていられなくなる。夢見ていた世界にやっとたどり着けたところで、あんなに素晴らしい腕を持っているのに。

「パイロット、辞めちゃうんですか？」

眉を下げて問いかけると、彼はこちらを一瞥して少し寂しそうに微笑んだ。

「本当はずっと続けていたい。でも、最初から後継者になるはずだったところを、俺のわがままでパイロットの道へ進んだ。好きなことをさせてくれた父への恩もあるし、なにより思い入れの強い会社だから助けたい気持ちもある」

「……さっき『好きにやっていられるのも時間の問題だろう』って言っていたのは、そういう意味だったんですね」

羽澄さんはまつ毛を伏せて「ああ」と頷いた。

もしかしたら、子会社に入っていち早く機長になれる道を選んだのも、いつまでもパイロットをやれはしないと覚悟していたからなのかもしれない。でも、夢を叶えたらそれで満足するわけではないだろうし、たくさん葛藤しているはず。

彼の複雑そうな表情からも、それはひしひしと伝わってくる。

「覚悟はしていても、俺はそんなにできた人間じゃないからなかなか決断できずにいた。だが、しばらくはぐらかしていたら『パイロットを辞めないなら、その代わりに政略結婚してくれないか』と言われるようになってね。強引に見合いの席をセッティングされたりして困っていたんだ」

　社長にならないなら、せめて政略結婚をして会社を助けてほしいということか。羽澄さんにとってはどちらにしろ気が重くなりそうだが、一応納得はした。

「社長になるか、政略結婚するか、どちらかを選べということですね」

「そう……そのはずだったんだが、いつの間にか政略結婚がマストのような状態になっていて。どうしても一緒になりたい相手を見つけでもしない限り、いつまでも結婚話を出されそうでうんざりしてる。社長になる意思は固めたっていうのにな」

　そこまで聞いてピンと来た。面倒な結婚話から逃れるために、いっそ自分が選んだ相手と結婚してしまえと考えたんじゃないかと。

「だから、私と？」

「ああ。愛せそうもない女性より、俺は君がいい」

　魔力でもあるのではないかと思うほど魅惑的な瞳を向けられ、ドキリとしてつい目を逸らしてしまう。

「ど、どうして……私はただの清掃員ですよ？　羽澄さんのような方に釣り合うわけがありません」

「小さな汚れにも気づいて、仕事中じゃないにもかかわらず掃除するような人だから、俺は芽衣子さんを選んだんだよ」

迷いなく返された言葉に胸を打たれて、私はすぐに視線を戻した。

彼が言っているのは、さっき空港で椅子を拭いていた時のことだろう。掃除をするのは当然で、感謝されることは少ないし、そういうものだと自分でも思っている。なのに、そんな些細な部分を重要視してくれるなんて。

羽澄さんは他の人とは違う。そう漠然と感じて胸が高鳴るけれど、やっぱり大富豪の彼と私とでは格差がありすぎる。

そう簡単に承諾する気にはなれない私を、彼はさらに口説き落とそうとしてくる。

「どんな職業であれ君も立派に働いているんだから、その点では釣り合わないなんてことはないだろう。生活水準が違っていても結婚すれば同じだし、君も治安の悪い街に住む必要はなくなってもっと豊かな暮らしができる。それに、もうひとりじゃなくなる」

彼の言葉はどれもはっとさせられるものだったが、最後のひと言には特に大きく心を揺さぶられた。梨衣子がいなくなったあの部屋に、ひとりきりでいる寂しさを感じなくて済むのは助かるかもしれない。

羽澄さんは毎回、私が気にする問題をいとも簡単にクリアして、説得力のある言葉をくれる。彼についていけば未来は素敵なものになるんじゃないかと、期待してしまうほど。

迷う心をさらに動かそうとするかのごとく、彼は私の顔を覗き込んでくる。

「芽衣子さんにとっても、結婚は悪い話ではないいんじゃないか？」

「た、確かに魅力的ですけど……まだお互いのことよく知らないですし」

「今日、結構さらけ出したと思うが」

さらりと返され、うぐ、と声を詰まらせる私。

言われてみれば、羽澄さんの事情もすべて聞いてしまったし、私はそもそも隠すことはなにもない。最初からすでに泣き顔も見られているしな……と、初対面で醜態をさらしたことを思い出して苦笑を漏らした。

「知らない部分があるとすれば、お互いの体温くらいか」

「たっ……⁉」

ドキッとするような発言をした彼は、私になぜか手を差し出してくる。

「とりあえず手、繋ぐ？」

余裕の微笑みを向けられ、頬にじわじわと熱が集まった。なんだろう、この拒めなくさせられるような色気は。

大人になって、男性と手を繋いだ経験すらない。けれど、彼に触れてみたい好奇心が湧いてきて、ぎこちなく手を伸ばしてみる。

重ねた手をしっかりと握られ、ゆっくりと足を踏み出す彼に合わせて歩き出した。始めは汗を掻いてしまいそうなくらい緊張していたけれど、彼の手から伝わってくるぬくもりが心地よくて、次第に心が安らいでくる。

「小さくて細い。芽衣子さんの手」

「……羽澄さんは大きくてあったかいですね」

素直な感想を伝え合い、自然に口元が緩んだ。

手を絡めているだけで、誰かと繋がっていると直に感じられて安心する。友達同士でも大人になればもう滅多にこんなふうにはしないし、これも恋人同士がする愛情表現のひとつなんだなと初めて実感した。

なんだか甘酸っぱい気持ちを味わっていると、羽澄さんが「結婚のことだけど」と切り出す。

「無理強いはしない。でも、芽衣子さんのような人にはもう出会えない気がするから、俺も簡単に引くつもりはない。もう一度会いたいと思った女性は君が初めてなんだ」

きゅっと手の力が強められ、緊張が舞い戻ってくる。

どうしよう……羽澄さんといるとドキドキしてばっかりで、寿命が縮みそうな気さえするんですが。こんな調子でこの人と結婚なんてできるの？

また別の心配が生まれ、火照った顔を俯かせた時、彼がある提案をする。

「だから、とりあえず一年契約にしようか」

急に事務的な言葉が出てきて、浮ついていた心が一瞬現実に引き戻された。そうか、結婚とひと口に言っても今はいろいろな方法があるんだ。

「契約婚、ですか」

「ああ。一年後、俺との生活に嫌気が差したなら離婚しても構わない。逆にずっと一緒にいたいと思えたら、契約はやめて普通の夫婦になる。それでどう？」

一年間はお試しのような期間ということか。羽澄さんは一度結婚してしまえばしばらく見合い話を出されないだろうし、私としても、やめてもいいという選択肢があることで結婚のハードルが下がる。わりといい方法かもしれない。

とはいえ、私は本当に地味で平凡な女なのに彼がこんなに望んでくれるなんて、どこかに落とし穴があるんじゃないかと勘繰ってしまうのも事実。羽澄さんが悪巧みしているわけではなく、ただ自分に自信がないだけなのだが。

今すぐ返事をする勇気はさすがになくて、私は無難な道を選ぶ。

「……少し考えさせてください。次に休みが合う時に、また会えますか？」

「もちろん。落ち着いて考えて」

ひとまず猶予を与えてもらえてほっとした。それもつかの間、羽澄さんは意味ありげに微笑み、私の左手をエスコートするように持ち上げる。

「いい返事を期待してる。ここに指輪を嵌めさせてくれ」

薬指に彼の顔が近づき、ちゅ、と軽く唇が触れた。

――キ、キスしたっ⁉　まさか指に口づけられるなんて……！

想像もしていなかった事態に、ぶわっと一気に顔が熱くなる。口をぱくぱくさせるだけで声も出せない私に、彼はしたり顔で笑った。

極上というべき御曹司パイロットとの結婚は、本当に私の寿命を捧げるものになるかもしれない。

# 新妻候補は覚悟を決める

バンクーバー旅行を終えて四日間の勤務が始まり、本格的に日常が戻ってきた。

清掃員の仲間に連休をもらったお礼を言い、お土産のメイプルティーやカナダ限定のお菓子を配ると皆喜んでいた。女性が多い職場で気がいい人ばかりで、休憩時間はお茶会をするのがお決まりなのでお土産はこれが一番無難だろう。

時差ボケと連休明けで怠かった身体が慣れてきた頃に、勤務三日目を迎えた。

今私が担当しているのは、フロアの椅子やカーペット、ゴミ箱や手すりなど、ありとあらゆる場所の掃除。床は自動洗浄機が主に活躍しているので、その機械にはできない場所や細かい汚れを落とすのが仕事だ。

ミディアムボブの髪を後ろでちょこんと縛り、紺色のユニフォームにキャップを被った姿で粛々とこなしていく。床に目を凝らすとスーツケースの黒い跡がついていることが多いので、見つけては丁寧に拭き取る。

そうしてトイレの前にやってきて、入り口付近にあるゴミ箱を拭いていると、中から同じユニフォームを着た女性が出てきた。トイレ掃除を担当している、仲よしの郁《いく》代《よ》さんだ。

「あ、郁代さん。お疲れ様です」

「芽衣子ちゃん！　なんか久しぶり～！」

「出勤が重ならなかったですもんね」

　掃除道具を手にしてぱっと表情を明るくする彼女に、私も心が和むのを感じながら笑顔を返した。私と入れ替わりのような感じで彼女が連休に入ったため、会うのは少し久々だ。

　郁代さんは三十二歳で、小学生の兄弟ふたりを育てるママである。マロン色の長い髪とメイク映えする綺麗な顔立ち、私服もおしゃれなので実年齢よりも若く見える。

　私がこの仕事を始めた時から一番親しくしている先輩で、時々手作りのお惣菜を分けてくれたり相談に乗ってくれたりする、世話焼きないい人なのだ。

「初海外から無事帰ってこれてよかった。お土産置いてあるの見たよ。早くお茶したーい」

「郁代さんには個人的に買ってきたので、また後で渡しますね。カナダ産のアイスワイン」

「まっじ⁉　超嬉しい！　ありがとー」

お酒好きな彼女は、目をきらきらさせて喜びを露わにした。とても明るく、感情を素直に表すので愛嬌がある。

たくさん話したいことはあるが、清掃員も人に見られているのを意識して働かなければならない。無駄話は極力やめて「バンクーバーの話早く聞きたいけど、休憩まで我慢するわ」と言う郁代さんと、それぞれの仕事に戻ろうとした時……。

「お疲れ様」

聞き覚えのある声がして、私たちはそちらを振り仰ぐ。そこには見目麗しいパイロットが制帽の下に微笑みを覗かせていて、驚きで肩がビクッと跳ねた。

「羽澄さんっ！」

「えっ⁉」

郁代さんは名前を口にした私にも驚いたらしく、こちらにバッと顔を向けた。それもそのはず、私にパイロットの知り合いなんていなかったのだから。つい数日前まで。

羽澄さんに会うのはあの日以来だ。連絡先を交換したのでメッセージのやり取りは結構しているけれど、実際に会うとまだ緊張してしまう。

改めてビジュアルがよすぎるな……と、惚けそうになりつつ彼を見上げる。

「フライト前に芽衣子さんに会えるとは、幸先がいいな」

「奇遇ですね。今回はシドニーでしたっけ」

「ああ、明後日の夜に戻るよ」

じっと目を見つめて告げられると、そわそわして落ち着かなくなる。彼がこのフライトから戻ったらまた会う約束をしていて、その時にはプロポーズの返事をしなければいけないから。

人生の大きな分岐点に立たされて胃が痛くなりそうなのだが、まずはフライトが無事終わることを願い「お気をつけて」と返した。

小さく頷いた羽澄さんは、興味津々な様子で私たちを観察している郁代さんにも目をやり、凛とした笑みを向ける。

「いつも空港を綺麗にしてくれてありがとうございます。お互い頑張りましょう」

労いの言葉をかけた彼に、郁代さんはぴんと背筋を伸ばして「は、はいっ！」と元気よく答えた。そして、私を一瞥して歩き出す彼を、うっすら頬を赤らめぽうっとした顔で見送る。

……またしても偶然会ってしまった。けれど、お互いに意識していなかっただけで、これまでも実はここですれ違っていたんだろうな。

顔が見られてちょっぴり嬉しく思っていた時、肩をがしっと勢いよく掴まれてギョッとする。

「めめめ芽衣子ちゃん、なんで⁉　なんであのイケメンキャプテンに名前で呼ばれてんの⁉」

「えぇーっと……」

興奮気味の郁代さんに迫られ、タジタジになってしまう。とりあえず今は至急仕事に戻らなければいけないので、話は休憩の時にしましょうとなんとか彼女を落ち着かせた。

そして迎えた休憩時間、いつもは休憩室で過ごすのだが、他の人にはあまり聞かれたくないので場所を変えることにした。近くにある展望デッキに行き、そこのベンチに座ってお弁当を食べながら一から話す。

妹の結婚式での出会いから始まり、ふたりで食事したことや彼の身分について説明すると、郁代さんは目をまん丸にしている。

「彼がハスミグループの御曹司なんだ〜。ちらっと話には聞いてたけど、あんなにカッコよくて素敵な人だとは思わなかった。私たちに『いつも綺麗にしてくれてありがとう』ってお礼を言うなんて」

「直接感謝されることって少ないですもんね」

そう言ってウインナーを口に放り込むと、郁代さんはうんうんと頷く。

「清掃員だからって、『このゴミ片づけといて～』って渡してくるお客さんとかもいるじゃない。ほんっと羽澄さんを見習ってほしいわ。こちとら手鏡でトイレの下まで覗いて磨き上げてんのよ？　もっと敬えっての。そしてそのたるんだ精神もまとめてゴミ箱に捨ててこいや！」

「郁代さん、荒ぶってます」

すぐさま注意すると、はっとした彼女は「いっけなーい」と可愛らしい声を出して口元に手を当てた。

郁代さんは今でこそよきママだが、昔はだいぶ荒れていたそうで時々その片鱗が見えることがある。綺麗な見た目に似合わず、ちょっと感情が昂ると口が悪くなるので、宥めるのは私の役目だ。

コロッと二児の母の顔に戻った彼女は、飛び立っていく飛行機を目で追いながらうっとりとして言う。

「彼とバンクーバーで出会って、帰りの便まで一緒でその後食事して……って。これで運命の相手じゃなかったら神様殴るわ。もう結婚しちゃえ」

「っ、ごほごほっ！　……け、結婚!?」

「やーだ、冗談よ。動揺しすぎ」

ご飯が喉に詰まりそうになってむせると、郁代さんはけらけらと笑って私の背中をさすった。

さすがにまだ求婚された話まではしていないのに、なんで知ってるの⁉と思ってしまった。そりゃあ冗談だよね。いくら偶然の出会いが重なったからとはいえ、普通はすぐに結婚まではいかないだろう。普通は。

改めて考えると、今の私の状況は非現実的だ。このまま彼に流されたら、いいこともあるだろうけれど、それ以上に大変な日々になるのは目に見えている。

「……どうして神様は、お金もないし才色兼備でもない、こんな地味な女を彼と巡り会わせたんだろう。絶対に釣り合わないのに」

ずっと同じ思いがぐるぐる巡っている。羽澄さんは『釣り合わないなんてことはない』と言ってくれたけれど、やっぱり私と彼とではなにもかも違いすぎて、一緒にいるのはためらわれる。

物思いに耽りつつご飯をもそもそと口へ運ぶ私に、郁代さんはお茶を飲んでから諭すように言う。

「〝これもなにかの縁だ〟ってよく言うでしょ。人との出会いにはなにかしらの意味があるんだって。彼に会って、芽衣子ちゃんもなにか得たものはない？　新しい気持ちとか、発見とか」

そう言われて、私は手を止めた。

羽澄さんからもらったものは、ひとつやふたつではない。そのどれもが、お金では買えないし目にも見えない、私の胸の中にだけある大切なものだ。

「……あります。たくさん」

「じゃあ、芽衣子ちゃんはそのために彼と出会ったんだね」

郁代さんの穏やかな声が、心の中にすうっと入ってきた。

ただの偶然だと思っていたものが、もっと大きな意味を持っているように感じてくる。それは彼にとっても同じなんだろうか。平凡な私にも、彼にあげられるものがあるのかな。

「彼への感謝の気持ちがあるなら、恩を返すつもりで接してみたら？　そのうち彼との差も気にならなくなるかもしれないし、なによりご縁を大事にすると自分の幸せに繋がってくるものだからさ」

にこりと微笑まれ、なんとなく懐かしい気持ちが込み上げてくる。『大切にしてくれる人、大切にしたい人に優しくして、尽くしなさい』と言っていた私の母も、生きていたら郁代さんと似たようなアドバイスをしてくれそうだ。

「ありがとうございます、郁代さん。なんかお母さんを思い出しました」

「私そんな年じゃないんだけど⁉」

片眉を上げてちょっぴり不服そうな顔をする彼女に、私はあっけらかんと笑った。

郁代さんのおかげで、毎日明るく楽しく過ごせている。きっと彼女ともそのために出会ったのだろう。生活は貧しくても人には恵まれているのだと実感して、その人たちに感謝したくなった。

翌日の午後九時。四日間の勤務を終えて帰宅した私は、簡単に夕飯を済ませた後、湯船に浸かりながら昼間にした梨衣子との電話を思い返していた。

バンクーバーとの時差は十六時間もあり、私の休憩時間がちょうどいいのでこのタイミングで時々電話している。向こうは夜で、梨衣子は軽くお酒を飲んでいるようだった。

羽澄さんに契約結婚を持ちかけられた話はすでにしている。やっぱり真っ先に相談するのは梨衣子だから。

最初は当然ながら驚愕していたけれど、《ふたりにはなにか起こると思ってたよ～》と、稀な出会い方をした件があるのでまったく予想していないわけではなさそうだった。

　そして、結婚式で高級レストランの食事券を羽澄さんからプレゼントされていて、ふたりともいつか行きたい店だったので大喜びしたらしい。そういう気遣いができるのも本当に素敵だし、梨衣子の反応も上々だった。

《ディランが〝誠一なら信頼できる〟って言いきってるし。私としては、芽衣ちゃんをひとりにさせない男の人がいてくれるなら安心だから、結婚は賛成だよ》

　しばらく悩んでいた私も、梨衣子がそう言ってくれたことと、郁代さんと話したこともあって気持ちが前向きに変わり、結婚するほうに傾いている。

　自分に自信はまだないけれど、羽澄さんといると胸が躍るし、もらってばかりじゃなく私もなにかしてあげたいと思うのは確か。郁代さんが言ったように、この縁を大切にしたらいい未来に繋がるんじゃないかと漠然と感じるようになった。

　ただ、私が結婚したらこのアパートを出なくてはいけない。オンボロアパートだけれど、母と梨衣子、三人で過ごした思い出が詰まった場所だから引き払うのはとても寂しい。それに、梨衣子が帰ってきた時に迎えてあげられなくなる。

『このアパートを出たら、梨衣子が帰る場所がなくなっちゃうね……』

ぽつりとこぼすと、彼女は意外にも軽く笑い飛ばした。

《寂しくないって言ったら嘘になるけど、芽衣ちゃんにずっとそこにいてほしいとも思わないから。帰る場所がなくなるんじゃなくて、芽衣ちゃんが新しい居場所を作るんだよ》

新しい居場所を作る――その言葉が胸に響いて、覚悟を決められた気がした。それが私の、これからの目標になるかもしれない。

お風呂から上がり、火照った身体を少し冷ましたくてベランダに出てみた。今日は四月上旬にしては暖かい。桜もあっという間に満開になったのに、二階のここから見えるのは古びた建物ばかりだ。

夜風に当たって昭和感漂う街を見下ろしていると、羽澄さんとデートした日の夜を思い出す。あの後、彼は一緒にタクシーに乗ってここまで送ってくれたのだが、降りたところで近くの居酒屋から酔っ払った男性数名が騒ぎながら出てきた。

私にとってはいつものことなので特に気にしなかったものの、羽澄さんはやはり心配になったらしい。

『俺の家に来なさい。今すぐ』

『えっ⁉　い、いやいや、そういうわけには……！』

『俺と一緒が嫌なら、俺がオーナーをやってるマンションがあるから部屋を手配することもできるが』

真顔でそんな提案をしてくるので、私はあたふたしながらお断りしたのだった。マンションのオーナーまでしているとは、やっぱり大富豪は違う。

彼は庇護欲が高めで、きっと困っている人を放っておけないタイプなのだろう。父親を知らない私は、男性に守ってもらった経験はないに等しいから戸惑ってしまうけれど、すごく心強いとも思う。

今頃シドニーにいるのか。時差はどのくらいだっけ、とぼんやり考えていると、ポケットに入れていたスマホが鳴り始めた。取り出してみて目を丸くする。

……羽澄さんから電話だ。なにこれ、テレパシー？

乙女な発想をして急にドキドキしながら、一度咳払いをして通話ボタンをタップする。

「はい。柚谷です」

《こんばんは、芽衣子さん》

機内アナウンスのようで、それよりも少し温かみが増した声が聞こえてきて胸が鳴る。耳元で名前を呼ばれているみたいでくすぐったい。

「こんばんは。どうしたんですか？　そちらは今……」
《夜の十時。日本との時差は一時間くらいなんだ》
それなら電話するのも苦じゃないよね、と納得した次の瞬間。
《寝る前に、芽衣子さんの声が聞きたくなって》
シンプルな理由が告げられ、冷めたはずの身体が再び熱を帯びる。付き合ってるのかな?と勘違いしそうな蜜語に、思わずベランダの柵に手をかけてうなだれた。
「羽澄さんて、ほんっともう……」
《ん?》
なんでこんなに甘いの、と心の中で呟いた。私をからかうためだけにわざわざ電話してくるような人だとは思えないし、本心なんだろうか。
トクトクと軽やかに胸が鳴るのを感じつつ、気を取り直してたわいのない話をする。自分とはまったく違う経験をしてきた人だからこそ、彼の話を聞くのは楽しい。まだまだ知らない部分も多いし、いくらでも話していられそうだなと思うほど心地よさを感じる。
そうして十分くらい経った頃、遠くから聞こえていたパトカーのサイレンが徐々に大きくなってきた。それは羽澄さんの耳にも入っているようで、怪訝そうな声で言う。

《パトカー？　結構近くで鳴ってないか？》

「ですね。……あ、近くの宿所で停まりました。なんかトラブルがあったみたいです」

くるくる回転する赤いランプが見えたと思ったら、居酒屋の斜め向かいにある簡易宿所の手前に停車した。一気に物々しい雰囲気に変わり、近所の住人も何事かと外へ出てくる。

数人の警察官が宿所の中へ入ってしばらくすると、なにやら揉めている声が聞こえ、ひとりの強面の男性が警察官に連れられていく。詳しくはわからないが、おそらくあの人がなにか事件を起こして逃げていたとか、そんなところだろう。

「強面の男の人が連行されていきました。怖……」

パトカーに乗せられる一部始終を目撃して思わず呟くと、電話の向こうから深いため息が聞こえてきた。いけない、また心配させてしまっただろうか。

「私は家にいるので大丈夫ですよ！　こんなの初めてですし」

《ダメだ。やっぱり君をひとりにしておきたくない》

慌てて取り繕ったものの、羽澄さんの口調が若干厳しさを増したので口をつぐむ。

《諦めて、早く俺の妻になれ》

切実そうで、懇願しているようにも感じる声に、胸がきゅうっと締めつけられた。

彼が望んでいるなら、それに応えることで恩返しができるし、私の生きる意味にもなる。生活が一変する不安やためらいよりも、思いきって飛び込みたい気持ちが上回る。この思いはきっと、無視してはいけない。

「……はい。なります」

とても自然に承諾すると、電話の向こうが一瞬静かになった気がした。数秒間沈黙が流れ、ついもう返事をしてしまったとはっとする。

「あっ、直接会って伝えようと思ってたのに……！」

《今、本心が素直に出たってことだろう？　そのほうが嬉しい》

クスッと笑った彼は、安堵が混ざったような穏やかな声で《これからよろしく》と言う。恥ずかしさでむず痒くなりつつ、私も「よろしくお願いします」と返し、誰も見ていないのに軽く頭を下げた。

これで一応婚約者になったってことよね。私たちはお互いにメリットがあるからこうなっただけで、愛があるわけじゃない。けれど、たいした価値もない自分でも必要としてもらえるのは嬉しい。

《日本に帰ったら、一番に会いに行くよ》

こんなふうに言ってくれる人がいることも。

耳から胸の奥までくすぐられるような感覚を覚え、自然に笑みをこぼして「待ってます」と応えた。


結婚すると決めた途端、私の生活はめまぐるしく変わり始めた。

シドニーから帰国した羽澄さんと約束通り会うと、さっそく引っ越しの段取りをつけ、彼のご両親に挨拶する日を決めた。無事認めてもらえたらすぐに入籍し、会社にも報告する。

結婚式は、落ち着いたら親族と日本アビエーションの重役だけで小さな披露宴を行うらしい。会社が大変な時なので皆に余計なお金を使わせたくないという、羽澄さんの気遣いで。

私には『あまり豪華にできなくてすまない』と謝ってくれたが、提案された式場も規模も、私が想像する一般的な式を優に超えていて、彼が言う〝豪華〟はレベルがまったく違っていた。私からすると、ドレスを着られるだけで十分すぎるほどなのに。

というわけで、私の最初の試練はご両親へのご挨拶となった。契約婚というのは内緒で、羽澄さんが『結婚したい大切な人ができた』とすでに話してあるそう。

この日までに家の片づけはほぼ終わり、荷物もある程度羽澄さんの家に運び込んでいる。

彼の住処は東京の一等地にある一戸建てで、外観は普通の家とは思えない洗練されたデザインの豪邸だ。他の住人を気にせず静かに暮らしたくてマンションはやめたそうだが、何百坪もある家をためらいなく購入できるのだから、開いた口が塞がらない。

万が一羽澄さんのご両親に反対されたらどうしようかと心配していたら、『もう君の部屋も用意してある。ひとりにするわけないだろ』と言われ、心の奥が温かくなった。同居も第二の試練だが、まずはなんの粗相もなく〝彼の大切な女性〟を演じなければ。

服装から困ってしまったので、羽澄さんと一緒にデートがてら選びに行った。上品にレースが施された清楚なワンピースに決めたのだが、目が飛び出るような金額のそれも彼がためらいなく支払ってくれて、やっぱり格差を感じずにはいられなかった。

そうして迎えた当日、四月半ばの土曜日に、文京区《ぶんきょう》にある羽澄家へと向かう。

羽澄さんの愛車は、スタイリッシュなフォルムの黒いSUV。車を運転する彼を見るのは初めてで、きりりとした横顔やハンドルさばきが当然ながらカッコよかったものの、緊張で見惚れてばかりはいられない。

挨拶を失敗しないよう頭の中でシミュレーションしていると、羽澄さんは思い出したように口を開く。

「父さんたちに会う前に、練習しておいたほうがいいか」

「練習?」

首をかしげて運転席を見やると、彼は私に流し目を向けて口角を上げる。

「これからは名前で呼んで。芽衣子」

ふいうちで呼び捨てにされ、心臓が飛び跳ねた。

確かに、付き合っている設定なのだし、これから同じ苗字になるのだから慣れないといけない。彼の名前は誠一さんだったよね、と頭の中で確認して口を開く。

「そうですね。せ、せいぅ……ちさん」

「俺はセイウチじゃない」

「すみませんっ!」

思いっきり噛んでしまい、すぐさまツッコまれて平謝りした。おかしそうに肩を揺らす彼につられて、私も笑ってしまう。

「今のはナシです。……誠一さん」

妙な緊張感があるなと思いながらリベンジして、今度はしっかり呼んだ。彼は満足げな様子でこちらに片手を伸ばし、「よくできました」と頭をぽんぽんと撫でる。

名前で呼び合ったり、少し触れられたりするだけで胸がきゅんとする。相手が誠一さんじゃなくてもこうなるものなのかなとぼんやり考えてみたけれど、答えは出せなかった。

そうしているうちに到着したのだが、豪邸が見えたのは敷地の中を車でしばらく走ってからだった。緑が美しい庭園を抜けて現れたのは、もはや豪邸というより宮殿。誠一さんの家はハイセンスな美術館といった感じだが、こちらは中性ヨーロッパを彷彿とさせる造りだ。

車を降りてエントランスを抜け、玄関と言っていいのか？と疑問を持つくらい凝った装飾が施された建物の中へ、誠一さんに続いて入る。豪華なシャンデリアのまばゆさに目が眩みそうになる私を、使用人のひとりである男性が迎えてくれた。

繊細で美しい調度品の数々やインテリアを見回し、思わずため息を漏らして映画のヒロインになったような気分でついていく。エレガントなパーティー会場さながらのリビングダイニングに入ると、待っていたご両親とついにご対面した。

誠一さんに渋みをプラスしたようなイケオジなお父様と、ウェリントンの眼鏡がよく似合う美人なお母様。さすが大企業の会長とその夫人、といった貫禄が漂っている。

「彼女が柚谷芽衣子さん。俺の大切な人だ」

誠一さんがまず切り出し、私はいろいろな意味でドキドキしつつも姿勢を正して一礼する。

「はじめまして……！　本日はお招きいただき、ありがとうございます」

「こちらこそ、来てくれてありがとう。そんなに畏まらなくていいからね」

意外にもとても温和な調子でお父様が返してくれて一瞬ほっとしたものの、彼の隣に立つお母様の口角がほんのわずかにしか上がっていなくてギクリとした。

「誠一の母です。どうぞ、お座りになって」

涼しげな目元が笑っていないのがわかって、すでに手厳しさを感じる。口の端を引きつらせないよう気をつけながら、「失礼します」と微笑んだ。

カウンターもついているアイランドキッチンにはシェフが立っていて、レストランと同じクオリティの料理が次々と運ばれてくる。自宅でこんな食事ができるなんて、私にとってはまるでファンタジーの世界だ。

さっそく食事会が始まり、しばらく私への質問が続いていたけれど、答えに困るものはなかった。お父様がずっとニコニコしていて本当に穏やかな方なので、おかげでいくらか緊張も解れてきている。

しかし、そう簡単にいかせてくれないのがお母様だ。話が途切れたところで、試すような瞳で誠一さんを見つめて問いかける。

「あなたがこれまでお見合い話を断ってきたのは、芽衣子さんがいたからだったのかしら。なぜ早く言わなかったの？」

「俺の片想いだったからだよ。彼女はずっと家柄の違いから遠慮していて、最近ようやく折れてくれたところなんだ」

まったく動揺せずに出まかせで答えた彼は、凛とした表情でふたりを見つめ返す。

「近いうちに父さんの跡を継ぐ。だからせめて、愛する人と結婚させてほしい」

嘘だとわかっているのに、胸がときめいてしまいそうになった。お父様は感動したように「お前がそんなに熱烈な男だったとは……」と呟くので、気恥ずかしさと罪悪感が混ざって複雑な気分になる。

対するお母様は、表情を変えずに視線を私に移す。

「家柄の違い、ね。芽衣子さんの境遇についてはざっと聞いています。お母様を亡くされてから高卒で働き始めて、妹さんとふたりで生活してきたんですってね」

「はい……」

「確かに、私たちの会社のメリットになるようなものはなにも持っていないでしょう。とすれば、あなたは誠一になにをしてあげられる？」

ストレートな質問にドキリとする。それは自分でも考えていたことで、言葉に詰まるものだった。

まさか〝お見合い話を出されなくなります〟なんて正直に言えるわけがないし、頭の中で他のメリットを必死に探す。

誠一さんは一瞬眉根を寄せ、ややいら立ちを露わにして口を挟む。

「母さん、俺はなにかをしてほしくて結婚するわけじゃ――」

「彼の生活を守ります！」

思いつくものはそれしかない。なんとか認めてもらうために思いきって声をあげると、三人は押し黙って私に注目する。

「家事全般はお任せください。誠一さんが仕事に全力投球できるように、できる限りのサポートをします。彼が帰ってきてほっとするような居場所を作ることが、私の役目だと思っています」

笑みを絶やさずにそう答えたものの、内心冷や汗が流れた。そんなのは妻として当前だろうか。いや、使用人がいる家柄なのだから、彼らに任せれば済む話だと言われてしまうかも……。

食べ終えた食器をお手伝いさんが下げるのを少し目で追うと、どこか嬉しそうに頬を緩める誠一さんも視界に入った。しかし、お母様は感情が読み取れない無表情で口を開く。

「まるで面接ね」

「う……。す、すみません、これくらいしか思いつかなくて」

「十分じゃない」

呆れられたかと思った次の瞬間、彼女の口から出た意外なひと言に、私は拍子抜けして目をしばたたかせた。

お母様はおもむろに手を伸ばし、切り分けられたローストビーフをお父様のお皿に取り分けながら言う。

「妻が家庭を支える。そういう時代じゃないんでしょうけど、私は大事だと思うわ。物事を成功させる人には、支えてくれるよきパートナーが必要だから」

そう言ったところで、お母様は初めてまともに笑ってくれた。その嫌みのない笑みと、私の気持ちを肯定してくれたことに驚く。

彼女はこれまでの厳しさを和らげ、さっぱりとした調子で話を続ける。

「今は主人が会長をやってるけど、正直この人は器用なほうじゃないの。私と誠一が陰で経営に口出ししてなかったら、今頃破産してる会社がいっぱいあるわ」

「辛口だな～」

ざっくばらんな物言いをするお母様に、お父様は苦笑いしながらぽりぽりと頭を掻いた。お父様って、意外にも尻に敷かれるタイプ？

お母様の率直な言葉はまだ止まらない。

「あなたはいい人すぎるのよ。上に立つ人間は、時には冷酷な決断もしなければいけないのに、なかなか切り捨てられない性格なのよね。日本アビエーションの経営が悪化してるのは主に国際情勢のせいだけど、今の社長を信頼して任せた結果、失敗してしまったことも多々あるの」

「あの社長も頑張ってるんだがなぁ」

「まあ、あなたがそういう優しい人だから今も一緒にいるんだけど」

しょぼんとしていたお父様は、つけ足された愛のある言葉に反応し、感動したようにお母様を見つめる。

「さっちゃん……」

「だから、早く社長を代わってほしかったの。よっぽど誠一のほうが要領もいいし優秀だと思うから。誠一をその気にさせてくれた芽衣子さんには感謝してるのよ。会長としての器も、主人よりずっと大きいと思うわ」

「あ、ちょっとへコむ」

あっさりと遠慮のない物言いに変わるお母様に、お父様はがくりと肩を落としてうなだれた。〝さっちゃん〟って呼んでいるのね……可愛い。

うまくバランスが取れた仲よし夫婦なんだなとほっこりしたのもつかの間、お母様に含みのある笑みを向けられてやや身構える。

「政略結婚で得られる恩恵を無にした分、今は日本アビエーションの経営を回復させるよう誠一を完璧にサポートしてあげてね。誠一にはいずれ総帥としてハスミグループを背負っていってもらうつもりだから。期待してるわ」

うわぁ、プレッシャー……。やっぱりいずれはお父様の跡を継いで、会長になるのを望まれているのね。改めて、すごい人の妻になるんだな……。

お母様からあからさまな圧を感じ、やっぱり厳しい人だと思いつつも「が、頑張ります」と笑顔で返した。

その後は順調に進み、恋人ではないこともバレずに食事会を終えられた。お母様が掃除の仕方について興味津々に聞いてきたのが面白かったけれど、ふたりとも『空港が綺麗なのは芽衣子さんたちのおかげ』と言ってくれて嬉しかった。

社会的地位が天と地ほども違う私を受け入れてくれたことからも、そういう部分だけで判断しない人たちなのだとわかる。誠一さんの心の広さや優しさはご両親譲りなのだろう。

帰りの車内、ようやく肩の力が抜けてシートにもたれる私に、誠一さんは「会ってくれてありがとう」と労いの笑みを向ける。

「ふたりともイメージとは違っていただろ。父さんは社の人間の前では威厳を保っているが、家ではあんな調子だし、母さんは厳しくてやり手。俺に見合い話を持ってきたり、社長になってほしがっていたのは、どちらかと言うと母さんのほうなんだ」

「逆だと思ってました。きっとお母様は、お父様の大事な会社を守るために一生懸命なんですね。愛しているから。そんなふうに想い合っているご両親で、ちょっと羨ましいです」

仲のいい羽澄家の親子の姿を見たら、本音がこぼれた。

私は父親がどんな人かも、母が父とどう接していたかも詳しくは知らない。ただ、許されない関係だとわかっていたのに別れられなかったのだと、母は後悔していた。

おそらく父は〝もう少しで離婚できるから待っていてくれ〟だとか、都合のいいことを言っていたのだろう。よくある話だ。だから、羽澄家のような順風満帆な家庭に昔から憧れていた。

母は梨衣子を身ごもってやっと目が覚めたんじゃないだろうか。愚かだと思うけれど、女手ひとつで年子を育てた彼女は尊敬するし、大好きだ。

「芽衣子のお母さんは、きっと穏やかで笑顔が素敵な人だったんだろうな」

ふいに紡がれた誠一さんの言葉で、伏し目がちになっていた私は視線を上げた。すべて包み込むような彼の眼差しに捉えられる。

「俺も、君のお母さんに会いに行きたい。場所を教えてくれるか？」

これから母が眠るところへ行ってくれるらしい。亡くなっていてもきちんと挨拶をしようという気持ちに胸が温かくなり、感謝を込めて「はい」と頷いた。

母の日にはまだ早いけれど、カーネーションの花束を買って都内の霊園に向かう。小さめの墓石を綺麗にした後、祖父母に並んで刻まれた母の名前を見つめ、静かに手を合わせた。

出会ってすぐの男性と契約婚をすることになったなんて、今頃天国で母も驚いているだろう。でも、こうして一緒に手を合わせてくれている彼を見れば、きっと少しは安心するんじゃないかな。

それぞれ心の中で母への挨拶を終えた後、誠一さんはとても自然に私の手を取って歩き出す。しっかりとそれを握り返した時、ふと感じた。私も、この人と幸せな家庭を築きたいと。

これから婚姻届を提出して、いよいよ一年間の契約が始まる。それを終える頃、私たちはどんな夫婦になっているのだろう。

少なくとも今は、この温かな手を離す未来は見えなかった。

# パイロットは甘く溺愛する

　まだ梅雨が明けない七月上旬、空がどんよりしている日が多いが今朝は晴れている
みたい。遮光カーテンを閉めていてもわかるくらい外が明るくなっているのに気づき、
ゆっくり瞼を押し上げた。
　真っ先に視界に入るのは、二カ月ほど前から住み始めたラグジュアリーな寝室……
のはずだった。
「おはよ」
　今朝の私の寝ぼけ眼に飛び込んできたのは、ラフに下ろされた前髪がかかる美しい
顔。ほんの少し気だるげで、それすらもセクシーに見えてしまう彼の微笑みが間近に
あった。
　一気に眠気が吹っ飛び、がばっと飛び起きる。
「おぉ、おはよ、ござぃま……！」
「そんなに驚かなくても」
　動揺しまくる私に、肘をついて頭を支えた誠一さんが呆れ気味に笑う。そうだ、今

日は彼も休みなんだった。

「結婚して二カ月経ったのに、まだ慣れないのか？　旦那が隣で寝ることに」

「や、だって……こうやって目覚めるのは珍しいじゃないですか」

意味なく頭からブランケットを被り、もごもごしゃべる私。目覚めた瞬間に彼のご尊顔を見るのは、眩しすぎて刺激が強い。

入籍して一緒に暮らし始めてから、しばらくは別々の部屋で寝ていた。しかし誠一さんのほうから、すれ違い生活で一緒にいる時間が少ないので、夫婦らしくするためにも夜くらいは一緒に寝ないかと提案されたのだ。

同居を始めただけでいっぱいいっぱいな私にとって、同じベッドで寝るなんてハードルが高すぎる。だからとりあえずひと晩だけ、と一回試しに挑戦してみたら、あら不思議。思いのほか心地よくて習慣になったというわけだ。

とはいえ、勤務が合う日がほとんどなかったから、ふたりでずっと眠っていたのは初めて。寝起きでこんなふうにベッドでまったりするなんて、本当に夫婦みたいで……。

意識すると猛烈に恥ずかしくなってきて、ここから逃げ出そうと身体が勝手に動く。

「わ、私、朝食を用意してきま——わっ！」

ベッドから抜け出そうとしたものの、手首を掴まれて再び引き込まれてしまった。思わぬ展開に目を丸くする。

「まだ六時だ。今日はお互い休みなんだし気にしなくていい。ここにいろ」

私の肩にブランケットをかけ、そっと抱き寄せるように背中に手を回されて心拍数が急上昇する。掠れ気味の声も、とろんとした瞳も色っぽくてドキドキしっぱなしだ。

「芽衣子の寝顔見てたらまた眠くなってきた……」

「えぇっ、いつから見てたんですか⁉　ていうか、見ないで――」

すっぴんを見られた恥ずかしさで、今さらながら咄嗟に両手で顔を隠した時、あるものに気づいて「えっ」と声を漏らした。

左手の薬指に、控えめだがしっかりと存在を主張するダイヤモンドがきらめいている。これは、入籍した頃にふたりでオーダーしていた結婚指輪だ。

人脈も広い誠一さんは、おしゃれに疎い私でも名前を知っている世界的デザイナーと交流がある。それだけでも驚愕したのに、その方にフルオーダーで頼むと聞いた時は、女優でもないのにいいのだろうか……と冷や汗が流れてしまった。

サイズを測り、どんなデザインにするか打ち合わせした時も緊張しまくっていて、お値段を聞いたら卒倒しそうだったのであえて聞かなかった。

そうしていつの間にか仕上がっていたようだが、唯一無二の指輪は輝きからして一線を画しているように見える。ざっくりとした好みを伝えただけなのに、私にも馴染む上品なデザインに仕上げられていて感動した。

アクセサリーの類を滅多につけない私は、自分にはもったいないほどのきらめきをしばし呆然と見つめて呟く。

「指輪、できたんですね！　ちょっと涙が出そうなくらい綺麗……」

「昨日も休みだったから受け取ってきた。どうせなら驚かせてやろうと思って」

「ありがとうございます。すごく嬉しいです！　季節外れのサンタさんみたい」

指輪を右手で包み込んで満面の笑みを浮かべる私を、誠一さんも満足げに微笑んで見つめていた。

目覚めたら指輪をつけられていたなんて、クリスマスの朝を迎えた恋人同士のようじゃないか。そう思うとまた悶えたくなってきて、私はうつ伏せになって枕に顔を埋めた。

「どうした？」

「こんなシチュエーション、もうロマンチックすぎて……。ただの契約妻なのに、誠一さんは甘やかしすぎです」

不思議そうにしていた彼がクスッと笑う。私の耳が熱くなっているのに気づいていないといいのだけど。

「契約とはいえ、夫婦は夫婦だ。妻を喜ばせたいと思うのは自然なことだろう」

当たり前のように言う彼は、世の中の女性にとってかなり理想的な旦那様じゃないだろうか。私と結婚しているのがなんだか申し訳ない気分になってちらりと目を向けると、彼はやや嘲笑を混じらせる。

「と言いつつ、ただ君に捨てられたくないだけかもな」

「捨てるだなんて、そんな！」

すぐに首を横に振って否定した私は、はたと気づいた。自分も同じ気持ちだと。

最初は彼の隣にいることすらためらうくらいだったのに、いつの間にかこのままでいたいと願っている。彼との生活は緊張の連続だけれど、全然嫌じゃない。

仕事を続けている私に、彼は『忙しいだろうし、家事は家政婦に任せてもいいんだぞ』と言った。

確かにこの豪邸をひとりで掃除するのは現実的ではないので、家政婦さんにお願いする日もある。が、お義母様に豪語した手前甘えたくはないし、なにより誠一さんのために妻らしくしたい気持ちが大きいので、やれる範囲で頑張っている。

そしてこれは自分のためでもあるのだ。ご飯を作って帰りを待っているのも、ふたりの居場所になった部屋を綺麗にするのも、毎日挨拶を交わすのも、どれも私の心を豊かにしてくれるから。

捨てられたくないと思っているのは私のほうだ。誠一さんは、女性除けのために結婚相手が必要だからなんだろうけど……。

なぜか胸にちりっとした痛みを感じた時、大きな手が私の髪を優しく撫でる。

「もうひと眠りしたら、近所のパン屋にでも行こうか。クロワッサン食べたがっていただろ」

「行きたいです！」

小さな小さな約束ですら嬉しくなる。彼の手つきが心地よく、安心して胸の痛みはすぐに消えていった。

再び瞼を閉じた綺麗な顔を、今度は私が見つめる。

捨てられたくないのは、贅沢な暮らしができなくなるからでも、ひとりになりたくないからでもない。別の理由をはっきり言い表したいのに、それはふわふわとしていてまだ掴めそうになかった。

梅雨が明け、夏本番の八月を迎えても、結婚生活は変わらず平和そのものだ。裏を返せば、私たちの関係になんの変化もないということだが、とても心地がいいので現状維持できているだけで満足している。

職場では休憩に入ってロッカーを開けると、まずスマホを確認するのが癖になってしまった。誠一さんがフライトに出ている時は、よくメッセージを送ってくれるから。

今は香港《ほんこん》に行っている彼から、【面白い飲茶《やむちゃ》があった】というメッセージと、可愛い三匹の豚の肉まんがせいろに入っている写真が送られてきていた。ほっこりして【めちゃくちゃ可愛いですね！】と打って送信ボタンを押した直後、隣になにやらにんまりとした郁代さんがやってきた。

「順調そうね～」

「あ、はい。もうカウンターのほうまで終わったし、特に問題なく……」

「仕事じゃなくて旦那様よ、旦那様！　芽衣子ちゃんがスマホ見てにこにこしてること、前はなかったからすぐわかる」

スマホを指差す彼女に指摘され、やけに恥ずかしくなってくる。

そんなに顔に出てたかな……。ていうか、嬉しそうにしてたんだ、私。休日に指輪をつける時も同じ顔になっているんだろうな。

無意識のうちに心情が出ていたらしく頬に手を当てる私に、郁代さんが顔を近づけてくる。

「一年なんて言わず終身契約にしちゃえばいいのに。今すぐ。やっちゃえ芽衣子さん」

「そういうわけにも……」

耳元でこそっと囁かれて、私は苦笑するしかなかった。

職場の中で、郁代さんにだけは本当のことを話しているのだ。契約婚だと全員に隠しておけるほど、私はできた人間ではないから。彼女はこの通り面白がっているけれど、真実を知っている人がひとりいるだけで少し安心できる。

先日ひっそりと結婚式を行い、私の上司と郁代さんを招待したので相手が誠一さんだというのは皆にも知られている。まったく浮いた話のなかった私が急に結婚して、しかも相手はハスミグループの御曹司なものだから、当初は結構な騒ぎになった。

といっても、彼の会社のほうでは誠一さんが結婚したという事実しか知られていないだろう。結婚式にも、入籍してすぐに同伴した様々なパーティーにも、一般社員はいなかったから。

ただ、パーティーにいらした誠一さんを狙っていたであろう異業種の女性陣の視線は痛かった。私はこういう役割なのだと割り切っていたから、問題なく耐えられたのでよかったけれど。

そういう内緒話を、休憩中に郁代さんとするのが日課になっている。今日はターミナル内のカフェに行く約束をしていたので、仕事もいつもより捗った気がする。

結婚してから金銭的に余裕ができて、時々お店でご飯を食べるようになった。最初はやっぱり遠慮していたものの、誠一さんが『家計は同じなんだし好きに使えばいい。君が浪費家じゃないのは十分わかっているから』と言ってくれたのもあって。今では気分転換できるし、メニューの勉強にもなるし、たまには外食するのも必要だなと思っている。

着替えてから郁代さんと一緒にフロアへ出たところで、彼女に電話がかかってきたので手持ち無沙汰でしばし待つ。

その時、そばを通りかかった六十代くらいの女性が、荷物を落としてバッグの中身が飛び出してしまった。慌てて私もそれらを拾う。

「大丈夫ですか？」

「ええ、ごめんなさいね。ありがとう。チケットを出そうとしたら手が滑っちゃって」

恥ずかしそうに笑うご婦人、品があって可愛らしい人だ。彼女は荷物を持って体勢を戻すと、もう一度お礼を言って私にチケットを見せてくる。

「私、飛行機に乗るのが初めてなの。この便なんだけど、出発ロビーはこっちで合ってるのかしら？」

「あ、はい！　国内線でしたら――」

「出発ロビーですか？」

場所を教えようとした時、誰かが私たちに話しかけてきた。

ぱっと顔を上げて目に映ったのは、制帽を被ったパイロット。肩章に三本線が入っているので副操縦士だとわかる。

身長は百六十センチ後半くらいで身体の線が細く、男性にしては小柄だけれど、とても綺麗な顔立ちで思わず目を見張った。声も顔も中性的で、性別がはっきりわからない。

「私もこれから行くので案内しますよ。ついてきてください」

「あら、本当？　助かるわ～。ありがとう」

副操縦士さんは当たり前のようにご婦人の荷物を持ち、歩き出す寸前にクールな笑みを浮かべて私に会釈をした。

私も頭を下げてふたりを見送る。パイロットってそれだけでカッコいいけれど、今の人といい誠一さんといい、容姿そのものが整っていると魅力が半端ないな。

ぽうっとして後ろ姿を眺めていると、電話を終えた郁代さんが私の横にぴたっとくっついて声をあげる。

「ねえ、今の子！　噂の美形コーパイじゃない⁉」

「え、噂なんですか？」

「日本アビエーションの今月の社内報に載ってたらしいよ。新米スタッフを紹介するコーナーで。野口《のぐち》さんの旦那さんの友達の知り合いからの情報」

「すごい情報網」

清掃員のネットワークの広さはさすがだが、驚かされるのはそれだけじゃなかった。

「二十六歳で副操縦士になったばっかりらしいけど、まあ注目されるよね。なんたって女性パイロットだから」

「女性⁉」

中性的だからもしかして、と思ってはいたけれど、女性だと知るとやっぱり驚く。女性パイロットも増えてきているとはいえ、圧倒的に男性のほうが多いし実際に見たのも初めてだから。

「パッと見、性別がわからなかったんです。ボーイッシュだけど可愛い顔立ちだったから。いや、でも〝カッコいい〟が勝ってるかな」

「ね〜、女性ファンが多そうだよね。なんつーかこう、歌劇団で男役とかやってそうな感じで」

郁代さんの言葉に激しく同意する。彼女が男役をやったらトップスターになれそうだ。私にはカッコいい要素なんて一ミリもないし、同じ女性として憧れる。

ひと目見ただけの彼女に脳内で王子様の格好をさせつつ、私たちはやっとカフェに向かって歩き始めた。彼女はマロン色の長い髪を耳にかけ、「それにしても芽衣子ちゃん」と話を変える。

「コーパイの女の子に、美人揃いのCA。旦那様の周りに常に女性がいるってなると気にならない？　親しくしてないかなぁって」

いきなりの質問にキョトンとする私。それはつまり、不倫の心配をしているかということだろうか。

そういえばあまり考えたことはなかった。あの誠一さんが不純な行いをするとは思えないし、そもそも他の女性と遊んでいたいなら私と結婚なんてしないだろうし。

「彼は浮気とか不倫とか、そんな浅はかなことする人じゃないですよ、たぶん」

「不倫までいかなくても、なんとなく嫌だなとか、不安になったりしないの？　ステイ先ではお互いホテルに泊まるわけだし、人の旦那に手出したらタダじゃおかないぞ！ってなったりしない？」

「そこまではさすがに」

一瞬右手で拳を作った郁代さんに苦笑いしつつ否定した。誠一さんがモテるとはいえ、皆仕事でホテルに泊まるのだし疑ったら失礼だよね。

――と、この時は思っていた。

ところがランチをした後も、マンションに帰ってきてからも、なぜか郁代さんの言葉が引っかかってすっきりしない。今もCAさんたちと食事しているのかなとか、誠一さんのそばにずっと女性がいるのを想像すると少々胸がもやっとする。

私たちの間には愛があるわけじゃないから、どこで誰となにをしようと自由なのかもしれない。契約婚って、こういうのもはっきり決めておいたほうがいいんだろうか。決して彼を信じていないわけではないのだけれど。

吹き抜けになっており開放感がありすぎる広いリビングダイニングで、ひとりきりでいると余計にやきもきしてしまう。一度気にしだすとずっと考えちゃうな……。

夕食を用意する前にソファに座ってぼんやりしていた時、テーブルに置かれたままの新聞が目に入った。

そうだ、誠一さんなら日本アビエーションの社内報も持っているはず。昼間に会った美形コーパイさんの記事の件を思い出して、なんとなく見てみたくなった。

二階にはゲストルームやシアタールームの他に書斎があり、誠一さんは時々そこで仕事をしている。社内報を保管してあるならおそらくそこだろう。

目星をつけて、誰もいないのに「お邪魔します……」と呟いてドアを開けた。掃除をする時など勝手に入っていいと言われているけれど、いまだに遠慮がちになってしまう。

予想通り、社内報はすぐに見つかった。今月のものだからだろうか、まだしまわずにデスクの上に置かれている。青空と飛行機がカッコいい表紙の、薄い機内誌のようなそれを手に取り、パラパラとめくってみた。

「新米スタッフの紹介……。あ、あった」

CAやグランドスタッフを始め、整備士、運航管理者など、ひとり立ちした方々をピックアップしているらしい。その中に、ひと際目を引く副操縦士の彼女の姿があった。

名前は妃《きさき》千尋《ちひろ》さん。二十七歳で、東京都出身。日本アビエーションの女性パイロットの中では、最年少で副操縦士になったそう。

将来有望だなと感服しながら、記事を読み進める。

【先日、副操縦士に昇格して初めてのフライトを無事に終えました。私が尊敬する人のひとりである機長から『よかったよ』と言われた時は、涙が出そうなほど嬉しかったです。彼のようなお客様を思いやる一流の機長を目指して、日々成長していきたいです】

目標を持って頑張っているのがわかる内容を読んで、また胸に小さな痛みを覚えた。私とそんなに歳が変わらないのに、妃さんのほうが何倍も努力していて、何倍も輝いている。そういう人は他にもたくさんいるが、こうして改めて思い知らされると自分との差をまざまざと感じ、劣等感を抱いてしまう。

それに、機長は何人もいるのだから、当然この記事に書いてあるのは誠一さんのことだとは限らない。でも、一緒にフライトをしていてもおかしくないし、彼女の頑張りを間近で見て褒めているかもしれない。

いや、妃さんだけじゃなくCAさんだってそう。彼の近くにいて、素敵な部分をお互いに見つけているのだと思うと、無性に胸がざわめいてもやもやする。

……郁代さんの言う通りだった。私の中にもこういう感情があったんだ。

同時にわかったのは、誠一さんにとって特別な存在でありたいと、大層な欲を抱いているということ。結婚している私は十分特別な位置にいるはずなのに、それだけではどうしてか満たせない。

愛のない契約結婚をしておいて、こんなふうに考えること自体おこがましいのかな。でも気にしないようにすればするほど、もどかしくて仕方ない。

私はこんなに欲張りな人間になってしまったのか。自分の変化に戸惑いつつ、社内報のページを閉じてそっと元の場所に戻した。


誠一さんがフライトから帰ってきてから、私はますます自分自身がよくわからなくなってきている。

彼と一緒にいられて嬉しいし、微笑まれるとすごく安心するのに、どこか物足りない。甘やかされるのは今に始まったことではないのに前以上にドキドキして、その反面かすかに虚しさのようなものを感じるようにもなった。

そして、これまでフライトの話を聞くのは無条件に楽しかったのに、頭の中に女性の影がちらついて気になってしまう。とはいえ、仲のいい女性はいるんですか？なんて聞くのもおかしいし、聞いたとして〝いる〟と答えられても困る。

これまでにないもどかしさを抱きながら日々を過ごしていたものの、九月に入った頃、私は自分よりも誠一さんのことが気にかかるようになっていた。

最近、彼に元気がない気がするのだ。とても些細な違和感なのだが、家に帰ってくるといつも以上に疲れているように見えて少し心配になっている。

今夜も、地上勤務を終えて帰宅した彼が小さくため息をついていたので、はっきり聞いてみることにした。

夕食を食べ終えた後、明日もフライトではないので少しお酒を飲まないかと誘った。ライトアップされたテラスを眺められるラウンジで隣り合って座り、私はアマレットミルクを嗜みながら「あの」と切り出す。

「誠一さん、最近体調が悪かったりしますか？」

「いや、特に。どうして？」

「ここのところ元気がない日が多い気がするので、ちょっと心配になって」

キョトンとして答える彼は、嘘をついているようには見えない。体調に問題がないなら、悩み事かなにかだろうか。そもそも私の気にしすぎだったりして。

あれこれ推測していると、誠一さんの表情がふっとほころぶ。それが思いのほか嬉しそうで、今度は私がキョトンとする。

「よく見てくれてるんだな、俺のこと」

「……これでも妻ですからね」

そんなふうに言われるとちょっぴり照れる。が、誠一さんを支えるとお義母様とも約束したし、気にかけるのは妻として当然だ。これくらいしかできないのが歯痒いけれど。

誠一さんはまつ毛を伏せ、少し思案してから口を開く。

「そうだな、身体はどこも悪くないし、悩んでるわけでもないが……もうすぐパイロットを辞めることで、気持ちが落ちているところはあるかもしれない。もっと続けていたいって本音が、うまく昇華しきれてない感じだ」

少しずつこぼれ出した彼の心の内に、私はグラスを置いてしっかり耳を傾ける。

誠一さんは来月でパイロットの業務を辞め、社長を引き継ぐための準備期間に入るのだ。少し前から徐々にフライトの日を減らし、本社へ出向いたり勉強したりしていて、忙しい日々を過ごしている。

社長になる決心はついていて、迷いがあるわけではないのだろう。ただ、自分の夢でもあった大好きな仕事から離れるのはやっぱり心残りがあるだろうし、その気持ちもよくわかる。

「それに、頭の中が事業のことや数字ばかりになっていくと忘れそうになる。空が好きだっていう単純な気持ちも、大切なところへ向かう人たちを一番に考える思いやりも。今の社長がうまくやれなかった理由もわかる気がするよ」

声色が暗くなっていく彼は嘲笑を浮かべ、「こんな未練ったらしくてカッコ悪い自分は、芽衣子には見せたくなかったんだが」と呟いてウイスキーをひと口呷った。

いきなり大企業のトップになって、しかも右肩下がりの経営を上向きにさせるという使命と重圧を背負うのだ。いくら優秀な彼でも大きな葛藤に苛まれるだろうし、モチベーションを保つのも大変に違いない。

確かに誠一さんが弱音を吐くのは初めてだ。彼にとっては不本意かもしれないけれど、私はさらけ出してくれたことを嬉しく思うし、どうにかして支えたい。

「私は、誠一さんのカッコいいところだけ見ていたいわけじゃありません。カッコ悪くて弱い部分も、全部見せてほしいです」

まっすぐ見つめて力強く言うと、伏せられていた彼の瞳が私を捉えた。

「好きなことをやめるんですから、いろんな葛藤があって当然ですよ。でも社長になって経営を回復させるのは、日本アビエーションで働くすべての人を守ることに繋がりますよね。皆がいるから飛行機が飛ばせて、お客さんを目的地まで連れていってあげられる。誠一さんがこれからやろうとしていることも、つまるところ全部お客さんのためじゃないですか」

誠一さんは会社も社員も、皆を救おうとしている。目標が大きすぎるあまり気づけなくなっているかもしれないけれど、その延長線上に大切なものはちゃんとあると、私は思う。

それが伝わったのか、覇気が弱くなっていた目がはっとしたように大きく開いた。彼を安心させたくて、ふわりと微笑みかける。

「大丈夫です。誠一さんの中には、空が好きな気持ちも、人を思いやる心もちゃんとありますから。忘れそうになったら私が思い出させてあげますよ、いくらでも」

これまで私にかけてくれた言葉や、飛行機でのアナウンス、それに詰まっていたあなたの思いやりはきっと消えはしないと、何度でも話してあげたい。

目を見張ってこちらを見つめていた誠一さんは、ふいにやや俯いて口元を手の甲で隠した。私が変な発言をしたかな?と、若干不安になって顔を覗き込む。

「誠一さん?」

「……ありがとう。芽衣子と結婚してよかったって、今すごく感じた」

聞こえてきたのは、私の心までも満たすような穏やかな声。彼の表情もさっきとは違い、強張りが解けたみたいに柔らかくなっている。

次の瞬間、肩に手を回されたかと思うとぐっと引き寄せられ、思わず「えっ」と声が漏れた。髪に彼の唇が触れたように感じ、心臓が飛び跳ねる。

頭を撫でられたり手を繋いだり、というスキンシップはたまにあったけれど、こうやって抱かれるのは慣れていない。目を見開いてどぎまぎしていると、誠一さんは真面目な口調で話し出す。

「仕方なく跡を継ぐっていう感覚がどうしても拭いきれなくて、俺はなんのために社長をやるのか、その意味をずっと考えてた。でも今、〝これだ〟って思う答えをやっと見つけられた気がする。君のおかげだ」

顔を上げた私にまっすぐ向けられた凛々しい笑みは王様さながらに気高く、自信を取り戻したように感じた。少しでも役立てたなら、こんなに喜ばしいことはない。

私は誰かのためになにかするのが性に合っているんだなと、つくづく感じながら口元を緩めると、誠一さんはなんとなく改まった様子で「これも考えていたことだが」と前置きしてから告げる。

「ラストフライトの日、芽衣子も休みを取っておいてほしい。最後に君を乗せて飛びたいんだ」

予想外の頼みに、私は目を丸くした。

彼がパイロット人生に区切りをつける大事なフライトに、私も同乗できるなんて素敵すぎる機会だし、とっても嬉しい。けれど、それはご両親とかじゃなくていいんだろうか。

「すごく嬉しいんですが……なんで私を？」

「大切な人だからに決まってるだろ」

迷いのない表情で当然のごとく断言され、心臓がドキリと大きく脈打った。

〝妻だから〟じゃなく〝大切な人だから〟と言ってもらえただけで、胸がいっぱいになる。結婚したのにどこか心許なかったものが、彼が温かい言葉をくれるたび徐々に満たされていく。

今夜は夫婦らしさが少しだけ増したようにも感じ、喜びを隠せない笑みを浮かべて「その日、絶対休みます」と宣言した。

九月末、毎年羽田空港では〝空の日〟として盛大なイベントが開催される。空港をもっと身近に感じてもらうのが目的だそうで、子供から大人まで楽しめる催し物を各航空会社や空港事務所が一体となって行うものだ。

今年もその日がやってきて、私たち清掃員も常に人だかりの場所が汚れていないかチェックし、やや慌ただしく動いている。そんな中でも、誠一さんの姿を見つけると思わず目で追ってしまう。

今日の彼はスーツ姿で、次期社長としてイベントの様子を観察している。これも景気回復の一手に繋がるように、日本アビエーションのブースでも趣向を凝らした出し物をあれこれ考えたらしい。

第一ターミナルの広場に設置された紙飛行機を作るブースのそばを掃除していると、誠一さんも私に気づいて歩み寄ってきた。手を一旦止めて、「お疲れ様です」と挨拶をする。

「今年も大盛況ですね」

「ああ。ちびっ子がたくさんいて可愛いよ」

とても優しい目で子供たちを眺める彼。そばに来た子と身を屈めて話したりしているし、子供が好きなのだろうか。

そういえば、跡取りはどうするのだろう。そういう話は一切していないけれど、このまま結婚生活を続けるなら避けられない問題のはず。となると、いずれ私が誠一さんの子供を……。

一瞬あられもない妄想が脳裏をよぎり、はっとして慌ててそれを掻き消した。変に意識しちゃうからダメだって。

脳内が騒がしくなりだした時、二歳くらいの男の子が細かくちぎった折り紙を床にばら撒き、楽しそうに声をあげた。その子のママが「ちょっとちょっと！」と慌てて拾っている様子を見て、誠一さん共々苦笑する。

「子供は癒やされるけど、掃除はいつも以上に大変だよな」

「あはは、確かに。やりがいがあります」

親子のもとへ動き出そうとすると、誠一さんは私の頭を軽く撫で、「頑張って。また後で」と声をかけて別の場所へ向かっていった。自然に触れてくれる手も、約束をしていなくても〝また後で〟会えるのも嬉しい。

元気がチャージされた気分で、男の子のママと一緒に紙くずを拾って常備しているゴミ袋に入れた直後。

「きゃあ、すみません！」

今度はまた別の場所からざわめきが聞こえてきたので振り返ると、女性が誰かに向かって必死に謝っている。これまた小さな女の子がジュースをこぼし、どうやらその人の足元にかかってしまったらしい。

バッグからハンカチかなにかを取り出そうとしている女性に、「気にしないでください」と制する男性……いや、女性だ。よく見ると、社員証を首から提げたパンツスーツ姿の妃さんだった。今日はイベントのお手伝いをしているらしい。

こういう時こそ清掃員の出番。私は急いで彼らのもとへ行き、未使用のタオルを妃さんに差し出す。

「大丈夫ですか？　これ綺麗なタオルなので、よければお使いください」

「すみません、ありがとうございます……！」

一瞬目を見開いた彼女は、ふわりと笑みを浮かべて素直に受け取ってくれた。

床を綺麗に拭いた後、ペコペコと何度も頭を下げるママと、失敗して若干しょんぼりした女の子に笑顔で手を振って見送った。

時計を見やると、いつの間にか休憩時間に入っている。これで事務所に戻ろうと思いながら、フロアの隅に移動して靴を拭いていた妃さんのところへ行き、タオルを受け取る。

「ありがとうございます。助かりました」

「ちょうどあの場にいてよかったです。今日はお子さんが多いから大変ですよね」

「いや、私がぼーっとしていたのがいけなかったんです。あの親子に悪いことしちゃったな」

眉を下げて苦笑する妃さんは、親子を責めるどころか自分が反省している。絶対いい人だ、とすぐに直感していると、彼女はこちらをじっと見てくる。

真正面からしっかり見ても本当に綺麗な顔だ。長めの前髪をセンターで分けた柔らかなショートボブは、制帽を被っている時よりは女性らしさを感じるけれど、それでもやっぱりカッコいい。

「あの……もしかして、羽澄キャプテンの奥様、ですか？」

うっかり見惚れていた私は、そう問いかけられて目を丸くした。どうしてわかったの⁉

びっくりしつつ今さらながら姿勢を正して、数あるパーティーのおかげで慣れてきた妻としての挨拶をする。

「は、はい。妻の芽衣子です。主人がお世話になっています」

「やっぱり。さっき話しているのを見て、そうじゃないかと思ってました」

ああ、見られていたのか……ってもしや、頭を撫で撫でされてニヤけているところも？　だとしたら、いろんな意味で恥ずかしい。

若干頬が火照りだすのを感じていると、妃さんも背筋を伸ばして自己紹介をしてくれる。

「私は日本アビエーションの妃です。副操縦士をしてまして、羽澄キャプテンにも時々指導していただいてるんです」

やっぱり誠一さんとも関わりがあるらしい。なんとなく胸がざわめくのを感じつつも、たいして気にせず正直に言う。

「実は、社内報を見て妃さんのことは知っていました。パイロットだなんて本当にすごいです」

空港で偶然会ったのが最初だけれど、きっと私しか覚えていないのであえて言わないでおこう。

妃さんは気恥ずかしそうに首に手を当て、目を逸らして苦笑する。その姿もイケメンで、思わずファンになってしまいそうなほど。

「あー、社内報見られていたんですね……穴掘って入りたい」

「インタビュー、とっても素敵でしたよ。パイロットは誰でもできる仕事ではないですし、めちゃくちゃカッコいいです」

「そうですか？　そんなに褒めたら、旦那様が私に嫉妬しちゃいますよ」

さらりと落ちた前髪を片手で掻き上げ、いたずらっぽく笑って上目遣いでこちらを見る彼女に、胸を射抜かれそうになった。カッコよさと可愛さが混在している……眼福だ。

女性にドキドキするなんて初めてで悶えたくなっている私をよそに、妃さんはなにか言いたげな様子を見せる。

「あの……羽澄キャプテン、家ではどうですか？」

やや遠慮がちに口にされた問いかけで、私は一瞬で現実に引き戻された。

なぜ彼女が、誠一さんの家での様子を気にかけるのだろう。というか、質問がざっくりとしすぎていてどう答えればいいものか。

「えっと、『どう』とは……？」

「すみません、急に。実はちょっと前、キャプテンが『本当はずっとパイロットとして飛んでいたい』って言ってたんです。少し悩んでいる様子だったんですが、最近は会えていないので大丈夫か気になってて」

それを聞いた瞬間、強張った心臓にピシッとヒビが入るような感覚を覚えた。

誠一さん、妃さんにもあの葛藤を話していたの？　てっきり私にだけ打ち明けてくれたのかと思っていた。あれだけで自分が彼の心の拠り所になれたとも思っていないけれど。

それに、パイロット同士なのだから話していたっておかしくない。妃さんは純粋に心配しているだけかもしれないのに、どうしてこんなにもやもやしてしまうのだろう。

なんとも言いようのない嫌な感覚を覚えるも、もちろん表には出さずに微笑んで答える。

「今は吹っ切れていると思います。どう会社を引っ張っていけばいいのか、彼なりに考えがまとまってきたみたいで頑張っていますよ」

「そうですか、ならよかった。羽澄キャプテンは私が一番尊敬している憧れのパイロットなので、もう一緒に飛べないのが本当に残念ですが、応援しています」

ほっとした笑みに切なさを混じらせて、妃さんはそう言った。その表情がとても綺麗で妙に女性らしく感じ、胸のざわめきが大きくなっていく。

インタビューに書いてあったのも、やっぱり誠一さんのことなんじゃないだろうか。本当にパイロットとしての憧れを持っているだけ？　特別な感情を抱いていたら困ってしまう。

勝手に疑って不安になっている自分にも戸惑う。平静を装って「ありがとうございます。誠一さんもきっと喜びます」と返したけれど、顔が引きつっていなかっただろうか。

このまま話していたら笑顔がうまく作れなくなりそうだと懸念していると、妃さんも雑談している余裕はないと気づいたらしい。

「すみません、お忙しいところ引き留めてしまって」

「いえ、こちらこそ！　イベント頑張ってください」

切り上げられてよかったと内心ほっとしたものの、彼女は少し迷うような素振りを見せつつ口を開く。

「私がこんなこと言うのはおかしいですけど……これからも、キャプテンを支えてあげてください」

最後に切実そうにお願いした彼女は、軽く頭を下げてブースへと戻っていく。周囲の女性陣が、「女の人？」「イケメン～」と言いながら見惚れて目で追う中、私は表情を強張らせて佇んでいた。

妃さんは別に変なことは言っていない。なのに、彼女の発言がすべて気になってしまう。誠一さんのことを私よりも理解しているように感じて……。

自分の中で、なにかがじりじりと焼き焦げていくような感覚が強くなっていた。


いよいよ迎えた、誠一さんのラストフライト当日。十月に入ってぐっと気温が下がってきて、天気に恵まれた今日も秋晴れの澄んだ空が広がっている。

その中を悠々と飛ぶ飛行機は、先ほど北海道《ほっかいどう》の新千歳《しんちとせ》空港を発ったばかり。津軽海《つがるかい》峡《きょう》の周辺を眺め、こうやって見ると下北半島から北海道が近く感じるなとぼんやり思いながら、これから羽田空港へと向かう。

誠一さんは昨日から福岡《ふくおか》にステイしていて、午前中に羽田へと戻ってきた。そこから新千歳へ向かう便に私も乗り、今はその折り返しで再び羽田に帰るところ。

先ほど、私と一緒にお義母様も乗っていた。やっぱり誠一さんにはご両親も乗せてあげたい気持ちも多少あるようだったので、声をかけたらお義母様だけ来ることになったのだ。

彼女はせっかくだから北海道で観光してから帰ると言い、一泊していくのだそう。『芽衣子さんもどう？　嫁いびりなんかしないから安心して』と誘われたものの、誠一さんに最後までついていきたかったので丁重にお断りした。もちろん、嫁いびりされると思っているわけではない。

北海道にいられたのはインターバルの二時間ほどで、初めて北の大地に降り立ったけれど、お義母様と軽くショッピングをしただけで、空港内からは出ずに過ごした。

そうして今に至る。ひとりで夕焼けに染まる東北の美しい景色を眺めながら思い出しているのは、昨夜誠一さんとした電話での会話。

いつものように寝る前に電話をかけてきてくれた彼は、しばしたわいない話をした後にこう言った。

《そういえば、いつだったか妃と話したんだって？　いつの間にか知り合いになっていたから驚いた》

妃さんの名前が出てぎくりとした。なんとなく彼女のことを話題にするのは避けていたのだが、ここはしらを切っておく。

『すみません、言ってなかったですね。実はそうなんですよ。妃さんから聞いたんですか』

《ああ。今回のフライトは彼女とペアになってね》

初めて聞く事実は私にとっては少しショックで、『そう、だったんですね……』と違和感のある返事をしてしまった。

ラストフライトは、私と誠一さんだけの思い出にできると思っていたから。ペアになったのはただの偶然なのだろうし、気にするのはおかしいのかもしれないけれど、どうしても拒否反応みたいなものが出てしまう。

この感情の正体がなんなのかはもうわかっていた。彼の目に、心に映るのは私だけでありたいという、独占欲や嫉妬の塊だと。

でもこんな些細なことで妬んでいたらダメだ、いい妻にならなくちゃ。そう自分に言い聞かせ、隠していた妃さんの言葉もあえて伝えることにした。

『誠一さんのこと、一番尊敬していて憧れてるパイロットだって言ってましたよ』

《妃が？　機長が誰でも気にしてなさそうだったのに、そんなしおらしいこと言ってたのか》

ふっと笑いが混じる声から、きっと嬉しいのだろうとわかる。それはそうだ、後輩から慕われて嬉しくないはずがない。

《あいつは本当に空が好きで、操縦技術のセンスもあるからいい機長になれると思う。最後のフライトが彼女とっていうのは驚いたが、安心して飛べるよ》

誠一さんが妃さんを信頼しているのも伝わってきて、抑えようとしていた黒い感情がみるみる湧き上がってくる。やっぱり彼女の言葉は隠したままでいたほうがよかったかなと、すぐに後悔した。

たとえ仕事の関係でも、彼が他の女性と親しくする姿を想像したくない。今回だって本当は一緒に飛ばないでほしい。――彼が好きだから。

はっきり自覚した想いが、私の口を勝手に開かせる。

『……嫌です』

《え？》

るしかない。

『誠一さんの隣は、私がいい』

ずっと胸に秘めていた本音が自然にこぼれ、数秒間沈黙が流れた。

私はすぐに失言に気づいたものの、時すでに遅し。もう引っ込められないので逃げるしかない。

『あっ……い、いえ、なんでも！　明日は大事な日ですから、ゆっくり休んでくださいね。おやすみなさい！』

電話の向こうから、やや焦燥に駆られた声で《芽衣子》と呼び留めるのが聞こえたけれど、問答無用で通話を終了させた。

それから今まで業務連絡のようなメッセージのやり取りしかしていない。誠一さん、絶対おかしいと思っているだろうな。なんであんなワガママみたいなことを口走ってしまったんだ……と、私はずっと後悔している。

小さなため息を漏らして、窓の外の景色から足元のスペースに置いたケースへと目線を移す。中に入っているのは、さっき空港内の花屋に寄って買った花束だ。

誠一さんがフライトを終えたら、お疲れ様の気持ちを込めて渡そうと思っている。昨日の今日で若干気まずいけれど、これでごまかせるかも、という思惑もほんのちょっとあったりする。

羽田空港へは一時間半ほどで着く。最後のフライト、彼は今なにを思っているんだろう。
揺れることもなく快適な機内からひたすら景色を眺め、あれこれ思いを巡らせているとあっという間に東京が近くなってきていた。
もうすぐ着陸態勢に入るのかなという頃、コックピットからアナウンスが入る。流れてきたのは妃さんの声で、軽い挨拶の後に定型文ではない言葉が続く。
《実はただいま乗務しております羽澄機長が、本日をもってパイロットを引退します。新しい道に進む機長へ、ご搭乗の皆様からも応援の気持ちをお送りいただけたら嬉しく思います》
これは妃さんのサプライズだろうか。ドキリとすると同時に、客席からも驚きの声が控えめにあがった。《それでは、機長からひと言お願いいたします》との振りがあった後、しばらくして誠一さんの声が聞こえてくる。
《本日はご搭乗ありがとうございます。機長の羽澄です。私のような若輩者が引退のご挨拶をさせていただくのは恐縮ですが、後輩に無茶振りされましたので少しだけ失礼いたします》
誠一さんらしい、皆の心を掴む挨拶だ。クスクスと笑ったお客さんたちは、すぐに静かになって彼のアナウンスに耳を澄ます。

三年間というとても短い間だが、機長を務めたこと。これからパイロットの職は離れるが、また別の方面から日本アビエーションを支えていくことを話し、私もなんだか感慨深い気持ちになる。

《最後にひと言伝えさせてください。今座席に座っている、私の妻へ》

……えっ、私？

まさかのメッセージで急に高鳴る鼓動と、お客さんたちの興味津々なざわめきが重なる。

《君がいなければ、こんなに幸せな気持ちでパイロットの職を終えられはしなかったでしょう。大切なことを思い出させてくれてありがとう。心から、愛しています》

──私だけに向けられたその言葉に目を見開き、思わず口元に手を当てた。

今、『愛しています』って言った……よね？　客席から黄色い声があがっているし、きっと聞き間違いじゃない。本当に？　誠一さんも、私を？

まさかの告白に思いっきり動揺するも、じわじわと大きな喜びが湧いてきて目頭が熱くなる。

嬉しいのはそれだけじゃない。特別なにかしたわけではないのに感謝を伝えてくれたことも、誠一さんの心が今、この空のように晴れ渡っているのだとわかったことも。とても嬉しくて、同じくらい安心した。

ずっと胸に巣食っていた、もやもやとしたものも消えていく。代わりに私の中を占めるのは、彼が愛しいという想いだけ。いつの間にか、こんなにいっぱいになるくらい好きになっていたんだ。

薬指に光るリングをそっと撫で、自然に口元が緩む。彼の挨拶が終わり、機内には温かな拍手が響いていた。

今回はなんの問題もなくスムーズに羽田空港に到着し、誠一さんのラストフライトは終了した。飛行機を降りる際、ＣＡさん伝いに機長へのエールや感謝を伝えているお客さんもいて、私まで胸が熱くなった。

私はこの後、本人に直接感想を伝えよう。いや、感想だけじゃダメだよね。昨日の電話でなぜあんなことを言ったのか弁明して、私も告白しなくちゃ。どうしよう、早く会いたいけど、めちゃくちゃ緊張する……！

バンクーバーから帰国した時と同様、到着ロビーの椅子に座って彼を待つ。花束を抱えて顔を強張らせる私を見て、周りの人が怪訝そうにしている気がする。

なかなかクルーの方々が現れず、ひたすら自分を落ち着かせようとしていると、やっと制服姿の皆さんがやってきた。CAさんの後にパイロットのふたりが見え、緊張が一気に高まるのを感じながら花束を手に立ち上がる。

誠一さんもこちらに気づいて目を見張った瞬間、私は思わず固まった。彼の手にはすでに豪華な花束が持たれていたから。

そっか、きっと降機したところでもうクルーの皆さんから渡されたんだ。その可能性もあるということがすっかり頭から抜けていた。プレゼント被りはなんとなくいたたまれない……！

若干ヘコみつつも、買ってしまったものは仕方ないと開き直る。そんな私に妃さんが会釈し、クールな笑みを残して颯爽と通り過ぎていく。おそらく気を遣ってくれたのだろう。

勝手に嫉妬してごめんなさいと、なんとなく心の中で謝り、私を見つめる誠一さんに笑顔で向き直る。

「誠一さん、お疲れ様でした！　素敵なフライトをありがとうございました。あ、あの……アナウンスもすっごく嬉しかったです」

ひとまずお礼を言ったものの、さすがにこの場では告白できそうにない。

どんどん近づいてくる彼にえへへと苦笑して、落ち着いたオレンジとボルドーで統一した秋らしい色合いの花束を掲げてみせる。

「すみません、私も用意しちゃいました。お花いっぱいで家が華やかに――」

茶化していたら、突然伸びてきた手に背中を抱き寄せられ、花束ごと彼の胸に飛び込んでしまった。驚きで息が止まりそうになる。

「ありがとう。花もいいけど、芽衣子に会えるのが一番嬉しい」

私にとって最高のひと言がもらえて、胸の奥から熱いものがこみ上げる。

それなのに、同時に苦しくもなる。私は妃さんのように輝くなにかを持っているわけでもなく、気の利いたプレゼントを用意することもできない人間なのにこんなに甘やかされていいのかと、どうしてもためらってしまう。まさに感情のジェットコースターだ。

「……どうしてそんなに優しいんですか？　誠一さんを喜ばせたかったのに、私のほうが嬉しくなっちゃうじゃないですか」

制服の襟を片手できゅっと掴むと、彼はなぜか嬉々とした調子でクスクスと笑った。

「芽衣子……本当に可愛いな、君は」

「可愛くなんてないですよ。容姿は超平凡だし、昨日だってあんなワガママ言っちゃうし。困ったでしょう」

『誠一さんの隣は、私がいい』なんて言われても、業務なのだからどうしようもない。思い出すと自分の子供っぽさに呆れる。

なんだかもうヤケになってぶつぶつぼやいていると、誠一さんは私を抱いたまま子供を宥めるように頭をぽんぽんと撫でる。

「今日隣にいたのは妃だったが、俺はずっと芽衣子のことを考えていた。困るどころか嬉しいよ。好きな子が嫉妬してくれてるのは」

〝好きな子〟というひと言にきゅんきゅんと胸が鳴った。さっきの告白を疑っていたわけではないけれど、本当にそうなんだと実感して悶えたくなる。

フライト中も私のことを考えてくれていたなんて嬉しい。でも、あのワガママが嫉妬だって気づかれていたということは、私の気持ちもとっくにバレているわけで。あ、ものすごく恥ずかしい……。

彼の胸に顔を埋めていると、頬に手をあてがわれたのでそろそろと目線を上げる。制帽の下には、いつもより甘さの増した笑みがあった。

「俺は君を喜ばせたいし、嬉しそうにする姿を見るだけで幸せな気持ちになる。些細なことで不安にもなるし、逆に勇気づけられたりもする。それは全部、君が愛しいからだ。芽衣子も同じなんだろ？」

彼の言葉がとてもしっくりきて、ストンと胸に落ちた。上がったり下がったり、いろんな感情に振り回されるのはすべて愛のせい。誠一さんも同じだったのか。

頬が火照るのを感じながら「同じです」と答えると、彼はもう一度私をしっかり抱きしめた。

夢じゃないよね？　彼と両想いになれたなんて、奇跡みたいなことがあるんだ……。

瞳が潤むほど感激するも、周囲からの冷やかすような声と好奇の視線にようやく気づいてはっとした。羞恥心が一気に膨れ、足を一歩引いて沸騰しそうな顔を俯かせる。

「誠一さん……ダメですよ、人様の面前でこんなことしてちゃ」

「問題ない。俺はもうパイロットじゃないからな」

「まだですよね？」

デブリーフィングが終わるまでは一応パイロットでしょうと即座にツッコむと、彼は「確かに」と言ってへらりと笑った。そして私から花束を受け取り、耳元に顔を近づける。

「帰ってふたりきりになったらいいか？　思いっきり抱きしめても」

鼓膜を震わせる甘い予告に、心拍数が急上昇するのを感じながら「……はい」と頷いた。

誠一さんがオフィスに向かった後、あんなシーンを見せてしまった後でその場に留まっているのはさすがに恥ずかしすぎて、逃げるように場所を移動した。

すべての仕事を終えた彼と合流して、食事していくかと聞かれた私は首を横に振った。たぶん、今レストランで食事しても味がわからない気がするから。

空港を出るまでの間、ぽつりぽつりとたわいのない話をするだけだったけれど、お互いの指はしっかりと絡めていた。

ハイヤーに乗り込むと、この密室の中でふたりきりになった時なんて何度もあるのに、異常なくらいドキドキして身体が強張る。ゆっくり車が走り出し、お互いに目を合わせた瞬間、まるで引き寄せ合うように唇を重ねた。

——初めての口づけ。柔らかくて温かくて、かすかに彼の香りがする。触れているだけなのに、とびきり甘い。

その感覚に浸る間もなく、少し開いた彼の唇がもう一度近づいてくる。夢中でそれを受け止め、息が上がってしまうほど何度もキスを交わしていた時、現実に引き戻されるクラクションの音が響いてぱっと目を開いた。

外も暗くなって車内が見えにくいとはいえ、運転手もそばにいる状況でキスしてしまった……！　慌てて身体を離すも、誠一さんはいたずらっぽく笑って私の顎をくいっと持ち上げる。

「こんな色っぽい顔してたら気づかれるぞ。なにかいやらしいことしてたなって」

吐息混じりに囁かれ、恥ずかしすぎて火照った頬がさらに熱くなる。

そう言うあなたのほうが色気だだ漏れなんですよ、と物申したい。そして、余裕がかいま見えるのでちょっと悔しい。

「っ……誠一さんのせいです」

「悪い、ふたりになったら我慢できなくて。……キスだけでやめてあげられそうにない」

太ももに触れた手が腰へと滑らされ、一気に緊張が高まる。

急展開すぎて、キスをしただけでもいっぱいいっぱいだ。自分の身体に自信なんてないし、もっと慎重に愛を深めてからのほうがいいんじゃないかと踏みとどまってしまう。

でも、その先へ進みたい気持ちも大きい。心だけじゃなく身体も結ばれて、名実共に彼の妻になりたい。焦る必要はないのだろうけど、私は今、彼を欲している。

そんな迷いが顔に表れていたのか、誠一さんは情欲を奥にしまい込んだように苦笑する。

「冗談だよ。芽衣子が嫌なのに無理にしないから」

「嫌じゃないです！」

咄嗟にそう言い切ると、彼は驚いて目を丸くした。私は声を潜めて続ける。

「私、誠一さんを好きになってから、どんどん欲張りになってて。愛されてるって、もっと感じたいんです」

自分からこんなことを言うなんて、ちょっと前の私からは想像もできなかった。ものすごく恥ずかしいけれど、求める気持ちを抑えられない。

彼はとても嬉しそうに頬を緩め、私を抱き寄せた。

家に着いて足早に玄関の中に入ると、手を引かれて一直線に寝室へ向かう。階段を上がるたび心拍数も上がっていく私に、彼はどこか満足げに言う。

「人のために生きてきたような君が、自分の望みを言うようになったのはすごい進歩だな」

「誠一さんが教えてくれたからです。もっと自分の気持ちに正直になっていいって」

バンクーバーで励ましてくれた言葉が、私を変えるきっかけになった。運命というものは本当に不思議だ。

寝室に入り一緒にベッドに座ると、誠一さんは私のおでこや耳にキスをしながら服を脱がせていく。上半身が下着とキャミソールだけの無防備な状態になり、無意識に身を縮める私に穏やかな声で言う。

「俺は、初めて会った時から君に惚れていたんだ。きっと」

意外な告白に、私は少々ムードのない声をあげる。

「えっ、初対面の時から⁉　嘘……」

「嘘じゃない。そうじゃなきゃ結婚するどころか、もう一度会いたいとも思わない」

しっかりと言い切ると同時に優しくベッドに倒され、真剣な表情で見下ろす彼から目が離せなくなる。

「君は内面から綺麗で、どうしようもなく惹かれた。その心に入り込んでみたくなって、次第に手に入れたくなった。誰かに奪われたくないと直感したから、強引に結婚を取りつけたんだよ」

ずっと、政略結婚から逃れるために私を妻にしたのだと思っていた。それは理由のひとつでもあるだろうが、最初から私自身を欲してくれていた気持ちもあったのだとわかって、さらに愛しさが募る。

「……ありがとうございます。地味で目立たない、石ころみたいな私を拾い上げてくれて」

広い広い海の砂浜に転がる小さな石が、誰かの手に取って愛でてもらえるのは、どれだけ奇跡的なことか。

覆い被さる彼とのわずかな距離すらもどかしく、前髪がはらりと落ちた顔に手を伸ばす。

「私も、誠一さんが欲しいです」

欲求を正直に口にすると、彼はとろけるような笑みを浮かべ、唇を寄せる。

「君が望むならなんでもあげる。だから、もっと俺を求めて」

言葉の最後に、彼の瞳が雄のそれに変わったような気がした。直後、濃密なキスの雨が降り注ぎ、考える余裕がなくなって本能に任せた。

下着も取り払われ、舌を這わせられる初めての感覚に無意識に声が漏れる。自分でもあまり触ったことのない部分を執拗に弄られ、舐められて、感じたことのない快感と羞恥心でおかしくなりそうになる。

どれだけの時間が経ったのか、すっかり骨抜きにされたところで、彼が避妊具をつけるのが見えた。頬がやや紅潮し、余裕のなさそうな彼の顔を見るのも初めてで、ドキドキしっぱなしだ。

ひとつになる時も、痛みはあっても怖さはまったくない。次第に熱い痛みが気持ちよさに変わり、ただただ大好きな人と繋がれる幸せで満たされた。

愛の言葉をもらうだけじゃなく、触れ合うとこんなに満たされて安心するものなんだと初めて知った。大切なことを教えてもらってばかりの彼に、私も精一杯の愛を返していこう。

# 夫婦未満のふたりは愛に惑う

誠一さんと結ばれてから早四カ月、私たちは夫婦というより恋人同士のような甘い日々を過ごしている。

彼がフライトに行くことがなくなったので家にいる時間が増え、一緒に食事できる日が多くなったしデートもしやすくなった。〝おはよう〟や〝いってらっしゃい〟の挨拶にキスが加わり、夜は情熱的に抱き合うようになった。

バレンタインの今夜も私があげたチョコレートを食べた後、お返しのごとくベッドの上でたっぷり愛されている。絶頂を味わうという感覚もすっかり教え込まれて、ちょっと危ないかも、と思うくらい心も身体も彼の虜にさせられている。

指と唇で一度達せられた後は、なにをされても敏感に感じてしまう。繋がって、激しく揺さぶられて、また高みに連れられていき背中をのけ反らせた。

くたりと脱力して呼吸を整えながら、汗を滲ませる彼にギブアップを申し込む。

「待って、もう、無理……」

「無理？　じゃあ優しくしようか。そのほうがつらいかもしれないが」

含みのあるセクシーな笑みを浮かべる彼のひと言にぎくりとしたのもつかの間、繋がったままの彼がゆっくり動き出した。ゆるゆると気持ちいいところを擦られ、奥を突かれていないのにじわじわと快感が迫ってくる。

「あ、あっ……優しいのも、ダメ……！」

もどかしくてなぜか泣きそうになる。涙目で訴えると、誠一さんは身を屈めて髪を撫で、愛しそうにキスをする。

「はぁ……ほんと可愛い。愛してるよ」

甘すぎる声も相まって、私の中は彼をきゅうきゅうと締めつけた。結局また限界まで いかされてしまって、優しいのに容赦がない愛に翻弄されてしまった。

ひとしきり堪能した後、気怠い身体をベッドに横たえてまどろむ。抱き合うと時々意地悪になる誠一さんに、今夜も散々啼かされてしまった。明日も仕事なのに、使い物にならなくなったらどうしてくれようか。

文句を言いたいのはヤマヤマだけれど、結局好きな気持ちが勝ってほだされちゃうのよね。惚れた弱みだなと内心苦笑していると、彼が思い出したように「ずっと言おうと思っていたんだが」と切り出す。

「まだ契約は解消していなかったな。一年なんて期限つきじゃない、普通の夫婦になろう」

腕枕をする彼に頬をそっと撫でながら言われ、私はキョトンとした。

そういえば、契約婚の解消はしていなかったっけ。心も身体も結ばれて普通の夫婦になったとすっかり思い込んでいたけれど、一応一年契約はまだ続いているのよね。

もちろんその契約は破棄したい。ただ、意地悪された仕返しをしてやりたいという気持ちがむくむくと湧いてくる。いつも翻弄されるのは私だから、ちょっぴり彼を悔しがらせてみたい。

「契約が終わる日にお返事します。それまでどうなるか保証はできません」

「え」

「散々意地悪されたから仕返しです。私も焦らしてあげますよ」

したり顔でそんなふうに返すと、綺麗な顔がとても不満げにむすっとなるので笑ってしまった。

契約の最終日もその後も、気持ちが変わることはありえない。私たちはいつまでも夫婦だから安心してねと、心の中で呟いた。

それから約半月後、日本アビエーションの定例会見が開かれ、誠一さんが社長に就任することが正式に発表された。彼の若さと、元パイロットという経歴のおかげでかなり注目され、ニュースでも取り上げられている。

ただ、その数日前にも日本アビエーションは別の話題でニュースになっていた。というのも、誠一さんが社内の改善点を洗い出していた際に役員の不祥事が発覚したのだ。なんでも会社の資金を横領していたらしく、主犯格のひとりは逮捕され、関わっていた数名の役員も全員解雇されている。

その主犯格の役員は五十代の男性で、私も一度パーティーで挨拶をした人。とても愛想がよく悪いことをするようには見えなかったし、周りからも慕われる人たらしだったらしいので驚いた。

被害額はあまりにも大きく、経営に悪影響を及ぼすほどだったため、社員の皆だけでなく世間にも衝撃を与えた。しかし誠一さんは至って冷静で、悪い部分がひとつ見つかってむしろすっきりしたようにも見えた。

会見ではそれについても突っ込んだ質問をされていたが、彼は言い淀むこともなく皆が納得する返答をしていた。その正々堂々とした振る舞いは世間からも好印象だったようで、頼りない若造だとか親の七光りだとかいう見くびった意見を一蹴するほど。彼への期待はますます高まっているだろう。

しばらくは心身共に大変な時期が続くだろうし、家に帰った時くらいはしっかり休んでほしい。

疲労回復にはなにがいいかなと、夕飯を考えながら仕事を終えた三月中旬のある日。事務所を出て歩き始めたところで、黒縁の眼鏡をかけた三十代後半くらいの知らない男性に呼び止められた。

「あのー、突然すみません！　私、週刊『奇論《きろん》』の清水《しみず》と申します。羽澄芽衣子さんでいらっしゃいますか？」

有名な週刊誌の名前を出されると共にフルネームで呼ばれ、私は驚きと戸惑いで硬直する。

ダークグレーのスーツ姿で、黒いリュックを背負った彼。どうやら記者のようだが、私みたいな一般人になんの用だろう。名前や勤務先を知られていたことにやや恐怖を感じて身構える。

「えっと……なんのご用でしょう？」

「今、とある国会議員の贈収賄疑惑について調べているんですが、芽衣子さんのお父様のことで少しお話をお伺いしたくて」

キャッチセールスのような調子で話されるものの、内容はまったく穏やかじゃなく、私は眉をひそめた。

父親のことなどなにも知らないし、国会議員の疑惑とどう関係があるのかもわからない。清水さんというらしいこの人の考えが読めなくて、思いっきり怪訝さを露わにする。

「私に父はいませんが」

「ああ、もしかしてご存じありませんか？　先月まで日本アビエーションの執行役員を務めていた、益子《ますこ》という男を」

相手にせず切り上げようとした私は、その名前を聞いて踏み出した足を再び止めてしまった。益子というのは日本アビエーションの資金を横領し、逮捕された主犯格の人物だから。

清水さんの言い方からすると、その益子が私の父だというの？　私も実際に会った、あの人が？　まったく信用できないけれど、なんの証拠もなくこんなふうに接触してきたりはしないだろうし……。

気になって考え込む私に、清水さんは「少し場所を変えましょうか」と言い、誰かに話を聞かれる心配が少ない屋上デッキへと促した。

ひっきりなしに離着陸が行われている滑走路を眺めながら、清水さんは今に至った経緯を詳しく話し出す。

「益子が大物議員と繋がっていたという情報を掴みましてね。どうやら金銭の要求や受け渡しがあったようなんです。そこで益子について調べているうちに、彼は愛人との間に子供をもうけていたことがわかりました。あなたと、年子の妹さんを」

年子と言われてドキリとした。もうそこまで調べているなんて、本当に私たちは親子なんだろうか。……いや、これだけで鵜呑みにしてしまうのは危険だ。

「それだけじゃ、私だとは限らないのでは……」

「疑うようでしたら、戸籍謄本を確認してみてください。益子は認知しているようなので、彼の名前が記載されているはずです。ちなみに、お母様の名前は柚谷蒔絵《まきえ》さん。生前は羽田空港近くのスーパーで働いていた。これは合っていますよね？」

自信を持った口調で母のことまで詳細に語られ、疑心が徐々に変わっていく。きっとこの人が言っているのは確かなのだろう、と。

でも、いきなりこんな話をされても気持ちがついていかないし、信じたくもない。

動揺が大きくてなんの返事もできずにいると、清水さんがやや険しい表情で手すりに肘をかける。

「受け入れがたい気持ちはよくわかります。益子が賄賂を渡していたかはまだ疑惑の段階ですが、多額の金を横領した犯罪者なのは事実ですからね。それに、あなたのお母様を弄んだ男だ。許しがたいでしょう」

不愉快そうに吐き捨てられ、私は眉をひそめた。

清水さんの言う通り、益子は日本アビエーションに大きな損害を与えた。誠一さんにとっても決して許せはしない人物だろう。そんな人が私の父親だなんて……いくら血以外の繋がりがないとはいえ、とても申し訳ない気持ちになる。

そもそも、この人は私に益子のことを話してどうするつもりなのか。言いようのない不安に襲われ、バッグの持ち手をぐっと握る。

「……このことを記事にするつもりなんですか？　罪を犯した挙句、隠し子まで作っていたって」

「いえ、さすがに一般の方の家庭事情を載せる気はありません。羽澄さんだと特定できるような記載はしませんのでご安心を。益子が芸能人ならともかく、一般人のスキャンダルには読者も食いつきませんしね」

笑みを見せた彼はケロッとした調子で答えた。私と梨衣子の情報は流れないようでほっとするが、読者の需要があるかないかで区別されるのはなんとなく複雑な気分になる。

「我々の目的は、あくまで贈収賄の事実を明らかにすること。今はただ、どんな些細なことでもいいので情報が欲しいんです。もし益子があなたや妹さんに接触してきたら、こちらにご連絡ください」

清水さんは表情を引きしめ、名刺を差し出した。私がそれを受け取ると「お時間を取らせてしまってすみませんでした」と頭を下げ、あっさり横を通り過ぎていった。

私は名刺を持ったまま、しばし立ち尽くす。

彼はきっと、政治家の悪事を暴きたいだけなのだろう。けれど私は、これまでいないものと思っていた父親が急に存在感を持ち始めたせいか、なんだか嫌な予感がしてならない。今さら父が私に接触してくることなんてなさそうだけれど。

胸を激しくざわめかせながらも、まず私たちの親子関係が本当なのかを調べることにした。もしかしたら清水さんの情報が間違っているかも……というかすかな望みを抱いて戸籍謄本を取得してみたが、結果は彼の言う通り。認知の欄に益子の名前があった。

それを確認して、真っ先に頭に浮かんだのは梨衣子。彼女にも教えるべきだと思うが、なにもためにはならない気がするし日本にいるわけでもないから、急ぐ必要はないだろう。

誠一さんに話すのも、私が益子の娘だと知ったらどう思われるか不安でためらってしまう。しばらく悩める日々を過ごしていたものの、それはあっという間に終わることになった。

約一週間後の夜、お風呂に入ってまったりしようという時に、誠一さんが真剣な面持ちで切り出す。

「芽衣子、少し話をしてもいいか？　君にとってはあまり聞きたくない話かもしれないが、知らせておいたほうがいいと思うんだ」

あまりよくない前置きをされ、ああ、誠一さんの耳にも入ってしまったのかとすぐに察する。ぐっと手を握って頷き、おとなしくソファに座った。

「横領で捕まった益子が、議員にも賄賂を贈っていたと新たな容疑がかけられている。もう日本アビエーションの人間ではないからいいんだが、問題は彼の家族関係だ」

誠一さんが語り始めたのは、やはり想像通りの内容。こうなると先に打ち明けておけばよかったと少し後悔するけれど、後の祭りだ。

「益子は結婚していて息子がひとりいると言っていたが、今の家庭とは別に隠し子がいたらしい。これを信じるわけじゃないが、その子供というのが……」

「私と梨衣子、なんですよね」

言いにくそうに濁らせる声に被せると、彼はこちらを向いて目を見張った。

「知っていたのか？」

「実は、少し前に週刊奇論の記者が私のところに来て、その人から聞いたんです。戸籍謄本を調べたら本当でした。誠一さんの会社に迷惑をかけた人の子だって知られたら、どう思われるか怖くて……黙っていて、本当にすみません」

顔を見られず俯いたままでいると、大きな手が背中から回され、しっかりと肩を抱き寄せられた。

「ひとりで抱え込んでいたんだな。芽衣子の気持ちもわかるから責める気はないし、誰の子でどんな生い立ちだろうと、君への俺の想いは絶対に変わらない。だから安心して、なんでも話してくれ」

彼の優しさにじんとして、思わず瞳が潤む。この逞しい腕はどんな時も包み込んでくれるのだと実感し、「ありがとうございます」と頬を緩めた。

ずっとざわざわしていた心が落ち着いていくのを感じながら、ひとつの疑問を投げかける。

「でも、誠一さんはどうして知っているんですか？　記者の人、私が特定されるような記載はしないって言っていたのに」

「書かれていたのは、君が会った記者の雑誌じゃなくネット記事なんだ」

誠一さんは自分のスマホを取り出して、大物議員と益子の関係についての記事を見せてくる。そこには益子に隠し子がいたことに加え、〝娘は父の不正を隠すため、日本アビエーションの新社長の妻になったのではないか〟とまで書かれていた。

どれも憶測の書き方をしているが、事実も交えているから怖い。私のことまで調べている人が清水さん以外にもいて、どこかから情報が漏れていると思うとぞっとする。

誠一さんも心底不快そうに顔をしかめている。

「裏づけ取材をせずに憶測で書く、いわゆる飛ばし記事ってやつだろう。信憑性に欠けていても、信じてしまう人がいるから厄介だ」

「なんでこんな、誰も得しないような記事を……」

「不祥事を起こした人物の隠し子が、その会社の社長と結婚したとなったら、面白いネタになると思ったんじゃないか」

確かに、誠一さんはすでにメディアに出ている大企業の次期社長だ。私は一般人でも彼の妻としては話題になるかもしれないし、それが犯罪者の隠し子となればなおさらだろう。

「俺たちに近しい人がこの記事を見ていたら、芽衣子のことだと気づくだろう。なにを言われるかわからないし、他の記者で近づいてくるやつもいるかもしれない」

想像以上に大きな問題になりそうで冷や汗が流れる。唇をきゅっと結んでいると、誠一さんが私の頬にそっと手を当てる。

「でも、そうなったら法的措置を取ることもできる。なにかあったら、必ず俺を頼ってくれ。絶対に守るから。もうひとりでなんとかしようとするなよ」

まっすぐ向けられる眼差しは、ぶれることのない力強さを感じる。私も彼の手に自分のそれを重ね、「わかりました」と頷いた。


ネット記事が出た日から、私の周りにはなんとなく不穏な空気が漂うようになった。仕事をしている今も、空港を行き交う人々から忌々しそうな声が聞こえてくる。

「あの子よ、羽澄さんの奥さん」

「へ～そうなんだ。本当に地味ね」

ちらりと目だけ動かして確認すると、ふたりのCAさんが歩調を緩めて私を見ている。あえて聞こえるように話しているのかわからないが、悪意のある声は耳に入ってくるから不思議だ。

「犯罪者の隠し子が社長の妻になってるだなんて、やっぱりおかしいわよね。なにか裏があるとしか思えない」

きつい言葉が胸に刺さり、ズキッと痛む。

もう彼女たちも知っているのか。親は選べないのだから、そんなこと言われてもどうしようもないのに。

理不尽な思いをなんとか振り払い、止まってしまっていた手を無心で動かした。

こうして溜まった鬱憤は、お昼休みに郁代さんの前で吐き出させてもらっている。

CAさんが私のことを話していたと愚痴ると、彼女は綺麗な顔をムッとしかめ、お弁当のから揚げにグサッと箸を突き立てる。

「それは羽澄さんを取られたのが悔しいだけなんじゃない？　陰口叩くような性格だから選ばれないんだってことを自覚しろっつーの、このすっとこどっこいが！」

「久々に聞きました、その言葉」

自分のことのように怒ってくれる郁代さんのおかげで、気持ちを落とさずに笑っていられる。

私が益子の隠し子だという話は、もうだいぶ広まっている気がする。一部の清掃員仲間も、口には出さなくても態度がよそよそしく感じる時があるので知っているのかもしれない。

そんな中、郁代さんにだけは自分から事情を明かした。彼女は私の境遇を知ってもなにも変わらずに接してくれている。今も、励ますように背中を優しくぽんぽんと叩く。

「大丈夫、芽衣子ちゃんはなにも悪くないんだもの。堂々としてなよ。きっとそのうち収まるからさ」

「はい……ありがとうございます」

誠一さんとの結婚で文句を言われるのは覚悟していたし、郁代さんの言う通りしばらく我慢していればそのうち皆飽きるだろう。あまり気にしすぎないようにしようと思い、笑みを返した。

しかし、事態は収まるどころかさらに悪化していく。

四月に入って最初の土曜日、珍しくお義母様に『お茶をしにいらっしゃい』と呼ばれた。誠一さんは仕事になってしまい、悩んだ末に選んだおしゃれなお菓子の詰め合わせを持って私だけ羽澄家にお邪魔した。

ご両親も有名店のケーキを用意してくれていて、それをいただきながら最初はたわいのない話をしていたが、しばらくしてお義父様がやや遠慮がちに問いかけてくる。

「なあ芽衣子さん、失礼を承知で聞くけれど……益子とは一度も会っていないよね？」

やはり、ここでもこの話題からは逃れられない。でも、お義父様たちはもう私の家族だ。話さないほうがおかしいだろうと、ごまかさずに目を見て答える。

「はい。彼が父親だと知ったのも最近なんです」

「そうか。実は、社内であらぬ噂が広まっているみたいなんだ。益子が不正に手に入れたお金を、芽衣子さんにも渡していたんじゃないかって」

お義父様が続けたその内容には、さすがに唖然としてしまった。どうしてそんな根も葉もない噂が……!?と憤るも、あのネット記事が発端かとすぐにわかった。

それよりも、私はなにも関わりがないのだとわかってもらいたくて思わず声を荒げる。

「彼からお金をもらったことなんて、絶対にありません！」

「ああ、僕たちも噂を信じているわけじゃないよ。一応芽衣子さん本人に確認しておきたかっただけだ。嫌な気分にさせてすまないね」

お義父様が優しく宥めてくれて、なんとか気持ちを落ち着ける。

「いえ……。こちらこそ、ご迷惑をおかけして申し訳ありません」

「芽衣子さんが謝ることじゃないさ」

肩を落として頭を下げる私に対し、お義父様はどこまでも優しい。お義母様も、ツンとして腕を組みながらも「そうよ」とかばってくれる。

「皆好きなのよね、こういうくだらないスキャンダル。とにかく、すべてはとんでもないクズだった益子が元凶なのは間違いない。相当うまく隠蔽してお金を使ってたみたいだけど、悪事に気づけなかったのは痛いわね」

「ああ……。でも、どんな会社でも横領を完全に防ぐのは難しいからね」

苦々しい顔をするお義父様の言葉に、お義母様も小さくため息をついて頷いた。

「ただね、横領の不祥事で株価も下落してしまって、経営を立て直すのはさらに困難になる。社員からの不満は出るだろうし、益子のせいだと言われてもおかしくない。そこから芽衣子さんに八つ当たりするのは間違っているけど、矛先が向いてしまうのかもしれないわ」

難しい顔をしてそう語られ、私は視線を落とす。

大きな不祥事は株価にも影響を与えてしまうんだ。誠実に働いている社員からしたらたまったものじゃないだろう。そんな元凶の人物の娘が社長の妻になっているだなんて、文句を言いたくなるのもわかる。

「あなたが非難されるということは、誠一への風当たりが強くなるのと一緒なの。社長を交代してこれからっていう大事な時期に、もう問題は起きてほしくないわね……」

お義母様の心配そうな声に、胸が苦しくなる。彼女の言う通り、このままでは誠一さんの負担が大きくなってしまうだけだ。私はいったいどうしたら……。

彼のためにどうするのが最善なのか、答えを探すのに必死でケーキの味もよくわからなくなっていた。


誠一さんのご両親と会ってから、私はさらに思い悩む日々を過ごしている。彼は『なんでも話して』と言ってくれたけれど、今の悩みは相談したところで甘やかされて終わってしまうだろう。自分でなんとかしなくては。

数日後の夕方、私は平日休みだったので、買い物に出たついでになんとなく誠一さんと一緒に歩いたボードウォークをひとりぶらぶらしていた。

約一年前、ここでプロポーズされて契約婚が始まった。これまでのことを思い返していると無性に彼に会いたくなって、歩いても行ける日本アビエーションの本社に自然に足が向いていた。

いつの間にか辺りは暗くなってきている。もうすぐ終わる頃だろうし、近くで待っていようかな。一緒に帰りたい。

本社の前に差しかかったところで、誠一さんに連絡しようとスマホを取り出す。歩道の端で立ち止まってメッセージを打っていると、本社のほうから誰かがやってきて私のそばで足を止めた。

「あれ、君……誠一くんの奥さん、だよね？　前にパーティーで会ったの、覚えてるかな。山中《やまなか》です」

少しふくよかな輪郭に眼鏡をかけた、五十代後半くらいの男性の顔をしっかり見て思い出した。この方は日本アビエーションの宣伝部の部長様だと。

パーティーで会った時、ざっくばらんに話す気さくな性格だが、少々空気の読めない部分もあるなと感じた人だ。

慌ててスマホをしまい、姿勢を正してお辞儀をする。

「もちろんです！　山中部長、ご無沙汰しております」

「どうも。誠一くんを待ってるのかい？」

「はい。ちょうど近くに来たので、時間が合えば」

「そうか。会議が長引いてそうだったから、もうちょっとかかりそうだよ」

快く教えてくれた彼は、眼鏡の下の目を三日月のように細めている。

「仲よし夫婦でいいね。でも……申し訳ないけど、ここへはあんまり来ないでもらえるかな」

温和に接してくれるかと思いきや、目が笑っていないと気づいてギクリとした。

「えっ……」

「君を見ると無性に腹が立ってくるんだよ。誠一くんと益子が頭をよぎって」

明らかに敵対心を含んだ声で言われ、私は息を呑んだ。山中さんは口元にだけ笑みを浮かべたまま話し続ける。

「誠一くんは、前社長とは違って容赦なくて。私たち役職者の給料が大幅カットされて大変なんだ。『給与体系を見直して、その人の働きや能力に見合った給料を与える』なんて言ってるけど、ただ自分にとって邪魔な古い人間を排除したいだけなんだろう。本当に勘弁してほしいよ」

彼は誠一さんのやり方が納得できないらしく、鼻で笑って吐き捨てた。

私は経営のことはなにもわからないけれど、誠一さんのやり方は間違っていないと思う。成果を上げている人にはそれ相応の報酬を与えるべきだろうし、逆に役職者というだけで高い給料をもらっているような人がいるとしたら、その分は無駄だと判断されても仕方ない。

誠一さんは、自分が気に入らないという理由で誰かを排除したりなんてしない。そう信じているけれど、私が楯突いたら彼の立場も悪くなってしまいそうで黙るしかなく、下唇を噛む。

対抗するようにキッと睨むも、山中さんは笑みを消して軽蔑の目で見下ろしてくる。

「元はと言えば、益子がバカなことするからこんな事態になってるんだ。私たちが苦労してるのは、君のお父さんのせいなんだよ。そんなろくでなしの娘を妻にしてるなんて、誠一くんも危機感がないよねぇ。〝妻の父親だから黙認していたんじゃないか〟なんて疑惑まで持たれてるっていうのに」

嘘……そんなことまで言われているの？　それじゃ誠一さんの信用問題に関わってしまうじゃない。

『あなたが非難されるということは、誠一への風当たりが強くなるのと一緒』

お義母様の言葉とリンクして、ぐっと心臓が掴まれたように苦しくなる。山中さんだけでなく、誠一さんに不満や疑惑を持つ人は少なくないのだろう。私が妻になったせいで……。

反論できず、どうしようもない悔しさや無力感で俯いた、その時。

「なにやってるんですか」

山中さんの後方から聞き覚えのある声がして、私はぱっと顔を上げた。同時に振り向いた山中さんも、そこにいた人物を見てギョッとしている。

「き、妃さん……！」

裏返りそうな声を出す彼を、冷ややかな目で見ているのは妃さんだった。今日はストライプシャツにテーパードパンツを合わせた、オフィスカジュアルなスタイルだ。

まさか彼女がここにいるとは思わず、私も呆気に取られる。

「部長が一方的に迫ってるように見えましたけど、まさかセクハラじゃないですよね？　それともモラハラ？」

「っ、そんなわけないじゃないか！　わ、私はただ、誠一くんの奥さんに挨拶していただけだ。変な言いがかりはやめてくれ！」

「そうですか。それは失礼しました」

あからさまにうろたえる山中さんに、妃さんはあっさり謝った。その温度差のせいで、余計に彼が必死で言い訳しているように見える。

通り過ぎていく人も怪訝そうに見ているのに気づき、彼はいたたまれなくなったのか「それじゃ」とぼそっと告げてそそくさと帰っていった。

ほうっと胸を撫で下ろす私に、妃さんが心配そうに寄り添ってくれる。

「芽衣子さん、大丈夫ですか？」

「はい……！　すみません、変なところをお見せして」

「いえ、たまたま取材陣をエントランスまで迎えに来たところだったんです。タイミングが合ってよかった」

そう言って微笑む彼女は、本当に王子様のようでちょっとときめいてしまう。スマートに助けてくれた姿もカッコよかった。

妃さんはすでに遠くなった山中さんの背中を見やり、長い前髪を掻き上げて呆れたようなため息を漏らす。

「部長がなにを言ってたのか、なんとなくわかります。社内でも不満タラタラみたいで、いい話聞かない人なんで。特別仕事ができるわけでもないのに無駄にプライドが高いから、いつも誰かのせいにするんですよ」

「だから給料を大幅カットされたんですかね……」

今しがたの恨みを込めて呟くと、妃さんがぱちぱちと瞬きをする。そして、おかしそうにぷっと噴き出した。

「言いますね、芽衣子さんも。その通りですよ」

お互いに軽く毒を吐いて、クスクスと笑い合った。

妃さんは今なにがあったのかを聞いて、寄り添ってくれる。とてもありがたいけれど、落ちまくった気分はなかなか浮上しない。

「でも、あまりここへ来ないほうがいいってところだけは正しいかもしれません。正直に言うと、不満を持っているのはあの部長だけじゃないんです。あなたに恨みをぶつけてくる人がいないとは限りませんから、気をつけてください」

硬い表情で忠告され、さっきの恐怖が舞い戻ってくる。

山中さんに明らかな敵意を向けられて、私がどれだけ疎ましく思われているのかを実感した。やっぱり不用意に外で誠一さんに近づくのはやめたほうがいいのだろうか。

「まあ、そんなことになる前に羽澄キャプテン……いや、羽澄社長が対処するはずですけどね。芽衣子さんの噂を鵜呑みにするような人たちにも、毅然とした態度で接しているようなので。あなたを精一杯守っているんですよ」

微笑みかける妃さんは、私を励ましてくれようとしているのだとわかる。でも、守られているのは本来なら嬉しいはずなのに、心は苦しくなるばかり。

私をかばう分、誠一さんの負担になっているのと同じだから。経営を立て直すという大きな問題に全力投球しなければいけないのに、余計なことに労力をかけさせたくない。

「……私がいると、誠一さんが大変になるばかりですね。彼を支えてあげたいのに、これじゃ逆効果ですよ」

目線を落として覇気のない声で言い、自嘲気味の笑みをこぼした。

妃さんがはっとした様子でなにかを言いたそうにするも、ふたりの男女が近づいてきてそちらに目をやる。男性はカメラを持っているので、妃さんが迎えに来たという取材陣だろう。愛想のいい女性が話しかけてくる。

「妃さん、今日は取材を受けてくださり、ありがとうございます！　女性パイロットの魅力をたくさんお伝えしていきますので、よろしくお願いいたします」

「あ、はい。こちらこそ」

彼らのやり取りから、取材を受けるのは妃さん自身なのだとわかった。容姿も肩書きも華やかな彼女だ、取り上げるには最適だろう。

彼女は日本アビエーションを盛り立てていく、貴重な存在。かたや私は、真逆の位置にいるように思えてならない。

ぐっと手を握った私は、心配そうにこちらを振り向く妃さんに空元気な声で告げる。

「すみません、お忙しい時に。助けてくれてありがとうございました」

「芽衣子さん……！」

なんとか笑顔を作って頭を下げ、呼び止める彼女を振り切って歩き出す。誠一さんには連絡せず、このまま帰ることにした。

帰り道をとぼとぼ歩きながら、ひたすら考えを巡らせる。

ここ数日、あるひとつの選択肢が頭の中に浮かんでは無理やり消していた。それが今は、真っ白なシャツについた染みみたいに、もう落とすことはできないほど色濃くなっている。

ふと目線を上げると、闇が迫ってきた空に一番星がきらめいていた。そういえば昔、母と梨衣子と三人で流星群を見に行ったなと思い出す。

流れ星は、天国からこぼれ落ちた光のかけらなんだと、その時に聞いたのを覚えている。神様が地上の様子を確認するために時々天国のドームを開けるから、その間は神様に声が届くのだと。あの時、私はなにを願ったっけ。

もしも今流れ星が見られたら、願うことはたったひとつ。

「ずっと、誠一さんのそばにいたい……」

本音がぽつりと口からこぼれ、一気に涙が込み上げた。これは叶えてはいけない願いだ。私がそばにいたら、誠一さんの迷惑になるだけなのだから。

自分のせいで彼が苦しむことになるのは嫌だ。お互いにとって一番いい選択は、きっと――。

家に着く頃には、涙は乾いて覚悟も決めていた。決心すると驚くほど冷静になって家事をこなせて、誠一さんが帰ってきた今も、笑顔を取り繕って迎えられている。

「誠一さん、おかえりなさい」

「ただいま。遅くなって悪かったな。今日はゆっくりできたか？」

「はい。お昼寝してから散歩して、っていう犬みたいな過ごし方をしてました」

明るく答えて料理の仕上げに取りかかろうとした時、スーツの上着を脱いだ彼が私の背後に立つ。

「芽衣子、俺は伊達に君の夫をやっているわけじゃない」

「え？」

どういう意味だろうかと首をかしげて振り返ると、私を囲うように調理台に両手を突かれ、身動きが取れなくなった。誠一さんは私の心を見透かそうとするような目をしている。

「無理に明るくしようとしてるだろ。俺の実家に行ったあたりから、なんとなく様子が違うと思ってたが。なにがあった？」

呆気なく図星を指され、一瞬ぎくりとした。

どうして私の些細な違和感に気づけるのだろう……誠一さんはさすがだ。でも、今だけは暗くなる話を避けたい。もしかしたら今夜は、ふたりで幸せに過ごせる最後の夜になるかもしれないから。


私はふっと口元を緩め、この間お義父様たちから聞いた愛犬の思い出話で茶化す。

「わかっちゃいました？　実は、誠一さんたちが昔飼っていたワンちゃんが、出張に行ったお義父様の帰りをずっと玄関で待ってたって話を聞いて、忠犬ハチ公を思い出して感動して……」

「名前はパトラッシュだったけどね」

誠一さんのツッコミが面白くて、作りものではない笑い声をあげた。羽澄家の愛犬パトラッシュのカオスな話は、こんな時も和ませてくれる。

彼も笑いながら私の頬を両手で挟み、「こら、ごまかさない」と仕切り直した。一度笑って気持ちが解れた私は、本心をほんの少しだけ覗かせる。

「本当は、休みだったのに誠一さんと一緒にいられなくて寂しかったんです。たくさんぎゅってしていいですか？」

一緒に帰れなくて切なかったのも、たくさん抱きしめてほしいのも本心。今度はふざけずに言うと、彼は驚いたように目を見開いた後、私の望み通りに強くしっかりと抱きしめた。

「君はいつも可愛いけど、こうやって甘えられるとたまらないな。俺はぎゅっとするだけじゃ足りないよ。丸ごと食べたいくらいだ」

耳元で欲求を我慢するような声が響き、お腹の奥のほうがきゅんと締めつけられる。甘い言葉で溶かされる幸せをもっと感じたくて、抱きしめ返しながら了承する。

「……好きなだけ、どうぞ」

ぴくりと反応した彼が、少し身体を離して妖艶に微笑んだ。その瞳には、抑えるのをやめた情欲が溢れている。

「じゃあ、食べ頃になるまでじっくり熟さないとな。……ああ、もうすでに熟れているか」

「ん……っ」

スカートの中に侵入してきた指がショーツの隙間から差し込まれ、すでに熱くなっているそこを優しくなぞった。甘い声が漏れる唇をキスで塞がれ、もう片方の手がブラウスをたくし上げる。

果物の皮を剥くかのごとく下着を外した彼は、露わになった実にかぶりついた。敏感な先端を舌で味わいながら、スカートの中で巧みに指を動かされると、どこもかしこも気持ちよくて理性を保っていられない。

身体も脳内もどんどん溶かされていく。ジャムを掻き混ぜるような粘着性のある音と、抑えきれない声がキッチンに響いて、高みに達した私は身体を震わせた。

息を荒げてくったりとしなだれかかる私に、誠一さんは「すごく美味しそうだ」と官能的に呟き、軽々と抱き上げて寝室へ向かう。もう前戯の必要はなく、ベッドに身体を沈めるとそそり立つ彼の熱に一気に貫かれた。

先ほどの余韻がまだ残っている敏感になった中へ、さらに強い快感が押し込まれて背中がのけ反る。

「あぁっ、誠一さ……」

「はっ……幸せだ。明日も明後日も、ずっと離したくない」

容赦なく私を突き上げながら、誠一さんはとびきり甘い言葉を囁く。とてもとても嬉しくて、私も同じ気持ちだけれど、なにも返せなかった。

——私たちはまだ契約夫婦だ。数日後には結婚記念日がやってくる。私たちの契約が満了となる日が。

誠一さんが『普通の夫婦になろう』と言ってくれたあの時、私はいたずら心から了承しなかった。つまり、一年間の契約はまだ有効だということ。私はこのまま破棄せず、契約終了と同時に婚姻も解消するつもりだ。

私の密かな決意をまだ知らない彼は、色気溢れる笑みを浮かべ、キスをする寸前に囁く。

「芽衣子……愛してる」

好きになった人が、私をこんなに求めてくれるなんて。この上ない幸せに包まれながら「私も」と返したものの、同じくらい切なくて涙がこみ上げてくる。

こんなに大切で愛しい人を、私が困難にさらしてしまっている。元凶が父であるのは間違いないけれど、彼が仕事をする上で私の存在が邪魔になっているのは否めない。

彼はきっと、そんなことはないと言うだろう。でも、どうしても自分が重荷になっていると感じてしまう。私のせいで彼を苦しめていると考えてしまうこと自体がつらいのだ。

今ならまだ終わりにできる。優先すべきなのは、誠一さんが信頼できる社長として皆を率いる存在になること。

心は決めた。だから今だけは、この泣きたくなるほど甘く深い海に溺れていたい。

何度も意識が飛びそうになりながら、刻みつけるように彼の愛を全身で貪った。

――いつの間にか眠ってしまっていて、気がついたのは空が明るんできた夜明け頃。

夕飯も食べずに限界まで抱き合って眠りこけてしまうなんて、付き合いたての恋人のようだ。

気持ちよさそうに眠っている誠一さんを見て口元をほころばせ、裸の肩に毛布をそっとかけてベッドから抜け出した。

作り途中だった料理を仕上げてダイニングテーブルに並べていると、誠一さんも階段から下りてきた。少々乱れた髪にまだ眠そうなとろんとした目をしながらも、「身体は大丈夫か?」と気遣ってくれる彼が愛しい。

日が昇ってきて、綺麗な朝焼けが窓の向こうに広がる。なんて爽やかで幸せな朝だろう。これから話そうとしている内容と、まったくもって不釣り合いだ。

いつものようにふたりで向かい合って椅子に座ると、私は軽く深呼吸し、意を決して「誠一さん」と声をかける。

「私と、離婚してください」

まっすぐ見つめる私の瞳に、大きく目を見開いた彼が映った。

有能社長は元妻を諦めない

芽衣子と初めて会った時、説明のつかない懐かしさのようなものを漠然と感じた。

あの感覚がなんなのかはわからないが、とにかく彼女はすんなりと俺の心に入ってきて、必然のごとく愛しい存在になった。

ずっと一緒にいたい。どんな苦難もふたりなら乗り越えられる。そんな綺麗事ばかりの歌詞が並ぶラブソングも、本気で信じられるようになっていたのに――。

可愛い妻をめいっぱい愛して、幸せな気怠さを抱きながらダイニングテーブルについた早朝。覚悟を決めたような面持ちの彼女から告げられたのは、想像もしていないひと言だった。

「私と、離婚してください」

頭をかち割られたような衝撃を受けた。理解が追いつかない。

昨夜、喉がカラカラになるまで愛の言葉を交わして抱き合ったばかりじゃないか。

信じられなくて、呆然としたまま確認する。

「……寝ぼけてる？」

「ふっ。いえ、ばっちり目覚めてます」

「本気なのか？」

「本気だからこそ言えるんですよ」

俺とは違い芽衣子は落ち着いていて、口元に笑みすら浮かべている。しかし、それは当然ながら覇気がない。

「最近ずっと考えていたんです。私が誠一さんの妻でいることで余計な苦労を増やしているなって。社内でも私の悪い噂が広まっているんですよね？　いろんな人から聞きました」

そう言われて、ややドキリとした。噂が本人の耳に入らないよう願っていたが、やはりそれは難しかったらしい。

でたらめな噂を流されて、きっと嫌な思いをしただろう。悩ませてしまったことに悔しさと罪悪感を覚える。

「このまま私といたら、誠一さんまであらぬ疑いを持たれて信用を失っちゃいます。社長になったばかりの大事な時期に、それは避けたいでしょう。今後もなにを言われるかわかりませんし、不安要素はなるべく減らしたほうがいいと思います」

瞳に悲しみの色を濃くしながらもまっすぐこちらを見つめてくる彼女に、俺は眉根を寄せる。

益子の隠し子が俺の妻だというのが知れ渡ってから、周りからの風当たりが強くなって困っていたのは確かだ。俺のほうも、芽衣子と結婚しているから益子の横領を黙認していたんじゃないかとまで言われているようで、正直うんざりしているし業務もやりづらい。

とはいえ、俺はそんな戯言に屈するような柔な男ではないし、芽衣子のことを悪く言うやつらは全員に罰を与えてやりたいとすら思う。

「俺はなにを言われようと構わないが、芽衣子が根も葉もない噂を立てられているのはもちろん嫌だし、然るべき対応をしている。それは当然のことで、苦労なんてまったく感じちゃいない。仕事に大きな支障も出させない。君は、俺がそれだけで音を上げるような男だと思っているのか？」

つい語気を強めてしまうと、芽衣子はぶんぶんと首を横に振った。いら立ちにも似た感情が湧いてくるが、冷静になれと自分に言い聞かせる。

「心配はいらない。会社も君も、守ってみせるから――」

「誠一さんでは無理だと思います」

思いきった調子でぴしゃりと言い放たれ、俺は瞠目して口をつぐんだ。

「私は守られたいわけではないし、なにより……私をつらくさせているのは、あなただから」

声は泣きそうに震えているが言葉の威力は強く、胸を抉られるような痛みが走った。

俺が芽衣子をつらくさせている？　俺の妻であること自体が苦痛なのだろうか。顔を背けたままの彼女を呆然と見つめる。

「誠一さんが私のことで余計な時間を取られるのを、そばで黙って見ていることしかできないのはつらいんです。あなたが私を守ろうとするほど、自分の無力さを感じて苦しくなる。一緒にいても、きっと幸せにはなれません。お互いに」

芽衣子は苦しげな表情で、わざとらしいほどはっきりと告げた。守ることも、一緒にいることさえも拒否され、胸の痛みは激しくなるばかりだ。

しかし直感的に、目を見ずに口にした今の言葉は無理に取り繕ったもので、本心ではないんじゃないかと感じる。離婚を認めさせるために、あえて俺が傷つくような言葉を投げたのではないかと。

なんの根拠もないし、自分がそう思いたいだけかもしれない。ただ、少なくとも会社での俺の立場まで考えて別れようとしているのは間違いないだろう。芽衣子はそういう優しすぎる人だと十分知っている。

俺への愛は今もなお伝わってくる。想い合っているのに別れを選ぶのが正しい選択だと、俺にはどうしても思えない。

「俺は、君がいないことのほうが耐えられない。君がいるからこそ仕事も頑張れるんだよ。……そんな俺の気持ちはどうでもいいのか？」

女々しくても、情けなくても構わない。どうにかして彼女の気持ちを繋ぎ止めておきたくて、説得を続ける。

芽衣子は眉根を寄せ、唇を噛みしめて俯いていた。そして湿ったまつ毛を指で拭うと、ぱっと顔を上げて突拍子もないことを言い出す。

「……誠一さん、結婚記念日がいつか覚えてますか？」

なぜ急にそんな質問をするんだと面食らいつつも、とりあえず答える。

「もちろん。五日後だ」

「覚えててくれたんですね」

そんな些細なことで、彼女は一瞬嬉しそうに口角を上げた。

特別な日だ、忘れるわけがない。当日はレストランで食事して、花でも贈ろうかと考えていたのだから。

しかし、芽衣子が考えていたのはまったく逆のことだったらしい。

「その日で契約期間が終わります。私が同意しなければ、更新はできませんよね」

そう言われてはっとした。契約を破棄しようと話した二カ月ほど前、芽衣子は『契約が終わる日にお返事します』と言ったので、確かに解消されてはいない。

ただの口約束でも契約は成立するし、法的な効力もある。腹黒い俺はそれを利用し、半ば強引に彼女を自分のものにして逃げられなくした。今度は彼女が、同じやり方で離婚を認めさせようとしている。

そうまでして、俺と別れたいのか……。絶望の淵に立たされたような気分で、しっかりとした表情に戻りつつある愛らしい顔を見つめる。

「私は今のこの状況で、結婚生活を続けようとは思えません。契約期間が終わったら、ここを出ていきます」

「芽衣子」

「これが、私の望みなんです」

悲しげに微笑む彼女のひと言で、反論が出てこなくなってしまった。

自分よりも人のことを優先してきた子だから、彼女自身の望みも口にしてほしかったし、なんでも叶えてやりたいと思っている。だからって、こればかりは承知できそうにない。

彼女の意思を尊重するべきか、強引にでも手放さないでおくべきか。この場で答えを出すことはできず、頭を抱えるしかなかった。

それから記念日までの間、なんとか気持ちを変えられないものかと話し合いを続けたが、芽衣子の意思は揺らがない。それどころか、すでに部屋探しや荷物の整理まで進めていたので、さすがに俺も参ってしまった。

別れ話をした時、彼女が俺のために嘘をついたのはおそらく間違いないが、別れたがっているのは本心だろう。それなのに縛りつけておくのは、彼女を苦しめるだけだろうか。

俺のそばにいることで、よからぬ噂をされて傷つけてしまっているのも事実。離れることで芽衣子の心の平穏が保たれるなら、そうしてやるべきなのかもしれない。

だとしても、もう二度と現れやしないと言いきれるほど愛している人を、簡単に手放せるわけがない。契約が終了する前日の夜になっても、まるで駄々っ子のように離婚を受け入れられずにいた。

ふたりで過ごす最後の夜かもしれないのに、俺たちはよそよそしく接することしかできず、芽衣子は先に寝室に入っていった。俺はひとりリビングのソファに座り、片側だけサインされた離婚届を眺めて彼女に思いを馳せる。

芽衣子は結婚している間も決して無駄使いせず、料理は基本手作りだったし、服や靴もなかなか新調しないから俺が勝手にプレゼントしていた。接待で使うレストランや料亭よりも美味しいと感じる料理を作ってくれて、どんな格好をしても可愛い彼女が本当に愛しかった。

つまり、彼女がなにをしようと決して嫌いにはなれないのだ。俺のもとから離れていこうとしていても。

小さくため息をつき、リビングから繋がるガーデンテラスに出る。椅子に腰かけてなんとなく夜空を見上げ、流れ星でも落ちてくれ、なんて思ってしまう。

流星群を天体観測した子供の頃みたいに願いたい。彼女と幸せになる未来を。

かろうじて見えるおぼろ月を眺めてぼんやり物思いに耽っていた時、ふいにひとつの新たな考えが浮かび、はっとした。

芽衣子は俺が周りからの悪意ある声に邪魔されず、社長としての目標を達成できる環境を作るために離れることを決めたはず。そうすれば、彼女自身も俺が背負わせてしまっていた重荷から解放されて、平穏な日常を送れる。

しかしそれは、一生続けなければいけないわけではない。俺が少しでも早く経営を回復させ、芽衣子への悪い印象も払拭することができれば、また一緒になれるんじゃないか。

いや、絶対にその未来を作ってみせる。離れる時間が、彼女が安心して生きていける居場所を作るために必要だとすれば、きっと無駄ではない。

夜明けまであと二時間くらいかという頃、ようやく自分でも納得できる答えが見つかった。あとは彼女にこの思いを伝えて、離婚届に判を押すだけ。

でもそれは、朝になってからにしよう。俺が判を押さない限り、芽衣子はここを出ていけないから。それくらいの意地悪は許してほしい。

寝室に向かい静かにドアを開け、かすかな寝息に耳を澄ませる。ベッドの片側で猫のように丸くなって眠る彼女の顔を覗き込むと、赤くなった目元とまだ乾ききっていない涙の跡が見えた。

きっとつい先ほどまで泣いていたのだろう。別れ話をしてから、俺の前では涙を見せなかったのに。とてもいじらしく、切なくて胸が締めつけられる。

いつか絶対、君を取り戻す。そっと隣に潜り込み、心に強く誓って柔らかな身体を抱きしめた。

──気がつくと、靴を履かせた時と同じパーティードレス姿の、シンデレラのような彼女が俺の前にいた。

『誠一さん、私を愛してくれて本当にありがとうございました。人生で一番幸せな一年間でした』

心からの言葉だとわかる、切なさの混じった穏やかな声を紡いだ彼女は、軽い口づけをして綺麗に微笑んだ。

うっすら目を開けると、俺の隣はすでにもぬけの殻だった。残っているのは、芽衣子が纏っていた花のような香りだけ。

夢か……唇の感触までした気がするし、リアルだったな。いや、もしかしたら夢ではなかったのかも、なんて思うのは都合よすぎか。

まさか出ていってないよな？と一抹の不安がよぎりリビングへ下りると、ちゃんと芽衣子の姿があってほっとした。が、彼女が座るダイニングテーブルには結婚指輪と、催促するかのごとく離婚届が置かれていて、一瞬で現実に引き戻される。

重い足取りで俺もテーブルに向かい、「おはよう」と挨拶をして腰かける。

「おはようございます。……もうタイムリミットですよ」

「ああ。覚悟は決めた」

茶化すように口角を上げる芽衣子だが、目が腫れぼったくて泣いていたのが丸わかりだ。しかしそれには触れず、俺はペンを持つ。

荷造りしているのを見た時、この家を出たらどうするのかと問うと、数日はホテル暮らしをするつもりだと言っていた。物件が見つかってもすぐには住めないし、ホテルなら防犯の面でも安心だろう。

記入しながら、なるべく平静に話をする。

「次に住む場所の目処は立っているんだよな。少なくとも前の街には戻るなよ」

「わかってます。大丈夫ですよ、女性のひとり暮らしも多いところにしますから」

いくらか自然な笑みがこぼれたものの、どこに引っ越すかは教えてくれなさそうだ。

「引っ越しにかかる費用や、当面の生活費はすべて俺が負担する」

「そんな、そこまでお世話になるわけには……」

「せめてこれだけはさせてくれ。格好つかないだろ」

苦笑して彼女に目をやると、申し訳なさそうにしながらも了承してくれた。

やっぱり芽衣子は断るよな。頼ってほしい男の気持ちをあまりわかっていないようだが、そういう真面目なところも好きになったのだからしょうがない。

芽衣子が望む場所まで送っていくようハイヤーを手配しておいた旨も伝え、記入を終えた。ゆっくり印鑑を押すと、芽衣子はさっそく用紙に手を伸ばす。

「ありがとうございます。これは私が提出しておきますね。じゃあ、外でハイヤーを待ちます」

あっという間に用紙をファイルにしまい、バッグを持って立ち上がった。早くここから去りたいというように。

俺が口を開く前に、彼女は憂いを帯びた綺麗な笑顔を向けて頭を下げる。

「一年間、お世話になりました。誠一さんには、感謝してもしきれません。……お元気で」

最後に言い残し、逃げるようにこの部屋を出ていこうとする彼女を、俺はすぐに追いかける。

「待て」

細い手首を掴んで引き留めると、芽衣子は驚いた様子で振り返った。わずかに潤んだ瞳をまっすぐ見つめて口を開く。

「俺は、このまま終わりにするつもりは一切ない」

「え……？」

わけがわからないといった様子の彼女に、なるべく端的に言葉を投げかける。

「経営を回復させて、芽衣子が心から安心できる環境を整えたら、もう俺を拒む理由はないだろう?」

「そ、それは……」

こう来るとは予想していなかっただろう。どう答えたらいいのか悩むように言葉を詰まらせ、動揺を露わにしている。

俺は彼女の華奢な背中に手を回し、そっと抱き寄せる。芽衣子は戸惑いながらも抵抗はせず、夢の中と同じ香りがふわりと舞った。

「いつか必ず、もう一度君にプロポーズをしに行く。その時は、今度こそふたりで幸せになろう。俺が生涯で愛せるのは君しかいないんだ。許してくれ」

眉を下げて微笑むと、見開いた彼女の綺麗な目にみるみる涙が浮かんでいく。

俺がふたりで生きていくことを諦めて、ただ離婚を受け入れたわけじゃないのだと理解してほしい。そして自由の身になっても俺を忘れられないよう、呪縛のような言葉をかけておいた。

別の人と幸せになれ、なんて願えるほどお人好しじゃないんだ。こんなに執着心の強い男だとは、芽衣子も知らなかっただろうな。

その時、今の俺たちの空気にそぐわないインターホンの音が鳴り響いた。ハイヤーの運転手が迎えに来たのだろう。

芽衣子はその音で我に返ったように、俺の胸の中からするりと抜け出す。なにか言いたそうにしながらも、ぺこっと頭を下げて小走りで去っていった。

ふたりで幸せになろうと、断定的にした願いは実現できるだろうか。バンクーバーでそうしたように。

最後に感じた愛しいぬくもりが失われないよう、ぐっと手のひらを握った。


――一年間の契約期間を終えた後、俺は虚無感を無理やり掻き消すように仕事に打ち込んだ。

芽衣子がいないことで、家庭に割こうとしていた時間もすべて仕事に費やせた。きっとそれも彼女の思惑だったのだろう。朝から晩まで、休日すら頭の中を仕事でいっぱいにしていても、家に帰ってくるとどうしても彼女と過ごした日々を思い出していたが。

社長に就任してからまず行ったのは、益子の不祥事の後始末。不正を働いた者には刑事責任、損害賠償責任を追及して被害の回復を図り、再発防止策をきっちりと策定した。

ここまでの対応をスピーディーに行えたことで、俺や会社全体に対する周囲からの不信感も徐々に薄れていった。芽衣子への悪い噂も、やはり時間が経てば自然に消えていく。半年ほど経つ頃には誰も話題にしなくなっていた。

だが、芽衣子を傷つけたという憤りはなくならない。憶測でネット記事を書いたフリーライターは、弁護士を通じて然るべき措置を取り、謝罪させた。芽衣子本人に謝ってほしかったが、間に合わなかったのが悔やまれる。

益子本人とも面会をして、会社はもちろん、芽衣子にも多大な迷惑をかけたことについて追及した。許せはしないが、逮捕されるまでに至って本人もさすがに後悔しているのは見て取れた。

芽衣子と益子はパーティーで一度顔を合わせている。その時は、彼女が成長した自分の娘だったとは気づかなかったらしいが、今はとても複雑な心境だろう。

認知だけして援助はしていなかったのだから、やはり誠実さには欠ける。そんな男でも父親は父親。芽衣子がいるのは彼のおかげであるのは事実なので、それについては感謝しておいた。

今後も芽衣子に会わせるつもりはないが、益子にはとにかくすべてにおいて反省して罪を償ってほしい。

そして、最重要事項である経営の回復に向けて、思いきった方法を試みた。関連会社や、維持費がかかる大型機材を売却したり、赤字の路線を撤退させたり。中でも最も効果的だったのは、社長になる前から進めていた社内改革だろう。

主に重役の中ではびこっていた年功序列の風習を一切なくして、手厚すぎた役員報酬をカットし、年齢は関係なく仕事ができる人にそれ相応の立場と給料を与えるようにした。

あぐらをかいていた古株の人間たちはあれこれ文句を口にしていたが、それらをすべて論破し『社を支える立場でありながら改革にご協力いただけないなら、役員でいる意味はありませんよね』と言うと、おとなしくなる者がほとんどだった。

一般社員でも頑張れば頑張っただけ評価される仕組みが浸透していくと、皆のモチベーションが上がり、ひとりひとりの働きが会社にとっても大事だという意識が生まれる。おかげで、各部署で人員配置や体制を見直すようになり、無駄をなくそうという動きが全体に広がっていった。

会社の負のイメージを払拭させるためメディアもうまく使いながら、心血を注いで問題と向き合い続けた。そうして、俺が社長になって約二年が経つ頃には、株価も上昇して経営がV字回復したと明言できるまでになっていた。

こんなに早く軌道に乗せられたのは、芽衣子を取り戻すためにがむしゃらにやれたというのが大きな理由かもしれない。しかし彼女がいれば、もっと心身を休めながら改革を進められただろう。

この二年間は、彼女がくれる力の大きさがどれほどのものかを強く実感させられた、俺にとって大切な時間になったと思っている。

危機的状況を完全に脱した、三月の初旬。俺は高層オフィスビルの五十五階にある会員制のバーで酒を嗜みながら、ひとりの男を待っていた。

女性のバーメイドが華麗にシェイカーを振るのを見るともなしに眺めていると、待ち人である彼が隣のカウンター席にやってきた。

「お疲れ様です。羽澄キャプテン」

わずかに口角を上げて懐かしい呼び方をするこの男は、日本アビエーションきっての期待と注目を集める若手副操縦士、天澤《あまさわ》だ。実力だけでなく、容姿でも人を魅了する彼を見上げて苦笑を漏らす。

「嫌みか？」

「とんでもない。俺にとって羽澄さんはずっと尊敬するキャプテンなんですよ」

あと二年も経てば機長に昇格するんじゃないかと目されている天澤とは、何度かフライトを共にしていろいろと教え込んだ。嬉しいことを言ってくれるなと頬を緩めたものの、彼は椅子に腰かけながらいたずらっぽく言う。

「それとも〝航空王〟って呼んだほうがいいですか？」

「もっと嫌だね」

即答すると、彼はククッと喉を鳴らした。

元パイロットという経歴と、大手航空会社のトップに立って経営を立て直した実績から巷ではそう呼ばれているらしい。陰で言われているだけならまだしも、世界的な経済誌の日本版で、大々的に表紙に掲載された時はさすがにやめてくれと思った。恥ずかしすぎる。

天澤はジンフィズを頼み、気を楽にした調子で話し出す。

「久々ですね、こうやって飲むの。羽澄さんが社長になんてなるから、俺からは誘いにくくて」

「天澤にもそんな気遣いができたのか」

「真顔で言うのやめてください」

女性社員からクールでドSだと評されている天澤は、確かに人当たりもドライだ。

年上のパイロットから生意気だと言われる時もあるようだが、操縦技術はウチの副操縦士の中では一番だと思うし、臆さずものを言うこいつを俺はわりと気に入っている。

パイロット時代から時々飲みに行く仲なのだが、最近はやはり多忙で会えていなかった。そんな俺が突然声をかけたので、彼も不思議に感じたらしく「で、俺を誘うなんてどうしたんですか？」と問いかける。

特別な用事があったわけではないが、気心知れた友人になんとなく会いたくなったのは、これからのことに少し気分が落ち着かなくなっているせいだろう。

「……ちょっと緊張してるんだな、俺」

「緊張？」

「ようやく迎えに行けそうなんだ、芽衣子を。業績は上がってきたし、横領の一件も解決してるからもう変な噂が流れるような要因もない。彼女が安心して暮らせる環境を整えられた」

そう、近いうちに芽衣子に会いに行くつもりでいるのだ。今度こそ逃がしはしないと、強い意志と自信を持って。

俺の事情を社内で詳しく話しているのは天澤だけ。まさか恋愛話だとは思わなかったのか、彼はわずかに目を見開いた。

「連絡取ってないんですよね。居場所はわかったんですか？」

「ああ。彼女の妹と、その旦那から聞き出したよ」

芽衣子は家を出ていってから、俺が連絡をしても一切反応しない。清掃員の仕事も辞めてしまい、彼女と親しい郁代さんという女性にコンタクトを取ってみても、口止めされているようで頑なに教えてもらえなかった。

空港で働くのを辞めるほど俺に会いたくないのか？と考えるとかなりショックだったが、徹底しているのは彼女らしいかもしれない。独り身になった彼女がどうするかは自由だしな。

唯一の救いは、梨衣子さんとディランが結婚していることだ。梨衣子さんにはすべて話しているはずなので、ディランに連絡を取れば居場所はわかると思ったから。

離婚した当初、電話で俺の話を聞いたディランは、とても深刻そうに心配していた。

『誠一の気持ちは察するにアマリリスよ。芽衣子サンに捨てられちゃったなんてネ……』と、間違った日本語で煽られているような気がしないでもなかったが。

しばらくは彼伝いに芽衣子の様子を聞き、元気でいるかどうかを確認できるだけでほっとしていた。

仕事が落ち着いてきた数カ月前、梨衣子さんとも話すことができた。俺と芽衣子、両方の言い分を聞いた上で、彼女はいろいろなことを打ち明けてくれた。離婚する前、すでに覚悟を決めた芽衣子から報告されていたらしい。

『芽衣ちゃんは、どうしても自分が邪魔になると思っちゃうみたいで、足手まといになるくらいなら離れたいって言ってました。誠一さんと結婚して、やっと自分の幸せを大事にするようになったと思ったのに……これじゃ私ばっかり優先してたあの頃と同じですよ。まあ、父親のことであれこれ言われて、精神的につらかったのもあるだろうけど』

それを聞いて、芽衣子の心がどれだけ不安定だったかを思い知らされ、もっとできることがあったんじゃないかと自分の不甲斐なさに心底嫌気が差した。芽衣子は、自分がつらくても我慢してしまう子だとわかっていたのに。

梨衣子さんはそんな俺を責めたりはせず、今暮らしているアパートの場所を教えてくれた。

『絶対言わないでって念を押されてたけど、私はずっと教えたかったんです。本当は誠一さんに会いたくてしょうがないって気持ち、私の前では隠しきれてないので』

彼女の言葉は素直に嬉しかった。妹の梨衣子さんがそう感じるなら、きっと本当だろうと信じられるから。

透明な氷山のような氷が浮くグラスを口につけた天澤は、話を聞いて納得したらしく軽く頷いた。

「よかったです。調べるためにやばい手を使ってなくて」

「やばい手ってなんだ」

「いや、芽衣子さんがいなくなってからの羽澄さんは、どこか影があるというか、冷徹になった感じがしたんで。彼女を取り戻すためなら手段を選ばないかもと。羽澄家の力が及んでる人も企業も、日本全国に散らばっているんだし」

あまり自覚していなかったが、確かに彼女がいる時はかなり丸くなっていたとは思う。それに、いざとなれば羽澄家の権力を使っていたかもしれないので、あながち間違ってはいない。

「そうだな。妹夫妻がいなかったら、知り合いの法務大臣か警視総監にでも頼んで個人情報をこっそり……」

そこまで言うと天澤が口の端を引きつらせたので、「もちろん冗談だよ」と念を押しておいた。さすがに犯罪まがいの行いはしない。

ここまで誰かを求める気持ちが理解できないのか、彼は神妙な顔でナッツを摘まみながら問いかけてくる。

「ずっと連絡も取り合ってない状態で急に現れたら、どんな反応をされるんだろうって不安はないんですか？　他に好きな人ができてるかも、って考えたりとか」

「もちろん不安はあるよ。緊張してるのはそれが大きいかもしれない」

俺の想いは別れ際に伝えたきりだし、今も彼女がそれを覚えていて、信じてくれているかもわからない。余裕があるわけではないのだ。

「でも、たった二年で心変わりされるような愛し方はしていない。俺と離れたことを後悔していてほしいくらいだ」

他の男では満足できなくなるほどに、心にも身体にも俺にあるすべての愛を注ぎ込んだつもりだ。芽衣子も同じように、一生懸命愛を返してくれていたと感じる。それが今も変わっていないと信じたい。

俺のあられもない発言に、天澤は珍しく目をしばたたかせた後、〝まいった〟とでも言いたげにふっと笑みをこぼした。

「羽澄さんが実は腹黒くて、こんなに執着心が強い人だったとは。本当は離婚してるのに、周りにはなにも言わず夫婦円満を装ってるくらいですもんね。いまだに結婚指輪もつけたままで」

ちらりと一瞥された俺の左手には、芽衣子とのペアリングが輝いている。

彼の言う通り、あえて離婚を公表していないので、事実を知っているのはこの天澤と信頼できる側近数人だけ。他の社員は、今も芽衣子と仲よくやっていると思っているだろう。

そう思わせておくのが目的で、こうして指輪もつけ続けているのだ。

「夫を演じているだけで抑止力になるからな。俺の妻になにかしたらタダじゃ済まさない、と印象づけておけば彼女を守っていられる。いつ戻ってきても大丈夫なように」

「二年前、噂に踊らされてたやつらも徹底的に脅してましたもんね」

さらっと〝脅し〟とか言うなとツッコみたいが、あながち間違いではないので苦笑を漏らす。

益子と芽衣子の関係が知られた当時、オフィスを歩けばひそひそ話が聞こえてきたり、あえて会議で話題に出すような低レベルな役職者がいたりもした。そのたび、俺は静かな怒りを滲ませて彼らに言った。

『妻への冒涜は、私に対するものと同じです。私はなにもせず許せるような聖人君子ではないので、罰を受ける覚悟がないなら口にしないでいただきたい』と。

芽衣子は、そうやって対処するのも俺の負担になると思っていたようだが、決してそんなことはない。大事な人を傷つけるやつらを許さず、黙らせるのは造作もないことだ。

俺のために離婚したのに、今も結婚しているふうに見せかけていると知ったら、彼女はがっかりするかもしれないな。それが俺の、ささやかな仕返しということにしておこう。

天澤の言う通り、俺には腹黒さと執着する部分があったんだなと自己分析していると、彼はグラスの氷を揺らして口角を上げる。

「なんにせよ、そこまで愛せる人がいるってのは幸せですね。俺には考えられない」

女性社員が放っておくはずがないモテ男なのに浮いた話を聞かない天澤は、三十一歳になる今も恋愛する気がまったくないらしい。機長を目指して頑張っている時は、俺も脇目を振る余裕はなかったので共感できる。

しかし自分に大切な人ができると、それが仕事にもいい影響を与えると実感したので、彼にもそういう存在ができたらなと願ってしまう。

「相変わらずいい人はいないのか？　一緒にいて気がラクな子とか、誰かいるだろ」

「いや、特に意識したことがないんで」

やっぱりドライだな、と苦笑したのもつかの間、彼はなにか思い浮かんだように視線を宙にさ迷わせる。

「あー……ひとりいるか、運航管理に。話してて楽しいのはその子くらいですかね」

天澤が特定の女性について話すのは珍しく、ついに気になる子が現れたかとピンと来た。本人はまだ自覚がないようだが。

CAやグランドスタッフではなく運航管理の子か。これはもしかしたら進展があるかもしれないなと、勝手に期待してほくそ笑む。

「俗に言う〝おもしれー女〟ってやつか」

「なんですか、それ」

眉をひそめる彼にクスッと笑い、俺もグラスを口に運ぶ。気持ちが落ち着いてきたのを感じていると、天澤はふわりと微笑みかけてくる。

「とにかく、羽澄さんの恋がうまくいくように願ってますよ。よき先輩には幸せになってほしいですから」

彼の根っこにある優しさが伝わってきて、心がほっこりするのを感じながら「ありがとう」と笑みを返した。

数日後の金曜日、早く仕事を切り上げた俺は、その足で東京のはずれにある町田《まちだ》市へ向かった。芽衣子はここの商店街付近で働いているらしい。

アパートも近くだそうだが、いきなり家に押しかけるのはさすがに迷惑だろうと自重して、まず勤務先の飲食店にやってきたわけだ。

午後四時になろうとしている今、古風で趣のある商店街は適度に賑わっている。立ち飲み居酒屋や昔ながらのラーメン屋、沖縄《おきなわ》料理から和洋菓子まで、様々な店が立ち並んでいて面白い。

以前の治安の悪い街とは全然違うが、懐かしい雰囲気の場所を好むのは彼女らしくて、なんだか口元が緩む。同時に、もうすぐ会えるかもしれないと思うと鼓動が速くなっていく。

彼女が働くお好み焼き屋は、商店街を抜けた先の通り沿いにある。木目の縦格子がついたモダンな外観のそれを見つけ、この時間まで働いていることが多いというので、休みでないことを祈っていざ向かう。その時、中からカジュアルな服装のひとりの女性が出てきた。

一瞬で周りがぼやけて彼女だけにピントが合い、目を見張る。ひとつに縛っている髪は以前よりも伸びているが、透明感のある肌に明るい笑顔は変わっていない。

ずっと、ずっと会いたかった。約二年ぶりにこの目で確かめた、愛しい彼女の姿に胸がいっぱいになる。

「芽衣――」

しかし、ほぼ無意識に名前を呼ぼうとした瞬間、店内からやってきた小さな女の子が彼女の足にしがみついたので口をつぐんだ。とても可愛らしいその子を、芽衣子は愛しそうに抱き上げる。

「まーま」

「はいはい。今日は甘えんぼさんだね、恵茉《えま》。夕飯なににしよっか」

恵茉という女の子……今『ママ』って言ったか？　まさか、彼女の……。

通りを行き交う人に紛れてただ呆然とふたりの姿を見つめていると、店の中から「おーい、恵茉！」と呼びながら誰かが出てきた。頭にタオルを、腰にはエプロンを巻いた、店員らしき三十代くらいの男性だ。

細身ではあるがしっかりした身体つきの彼は、愛嬌のある八重歯を覗かせてうさぎのぬいぐるみを女の子に手渡す。

「ほれ、忘れ物。これがないと寝られないんだろ」

「あー、すっかり忘れてた！　ありがとう、輝《てる》さん」

慣れた調子で女の子の頬を突っつく男に、気を許したような笑顔を向ける芽衣子。

名前で呼んでいるし敬語でもないし、いったいどういう関係だ？と眉をひそめる。

「じゃあ、お先に。夜も頑張ってね」

「おう！　大好きなお前らのために頑張るよー、俺は」

　男は芽衣子たちの頭をくしゃっと撫で、聞き捨てならないひと言を口にした。芽衣子と一緒に女の子も「ばーばー」と手を振り、彼女たちは商店街の反対方向へと歩き出す。

「………は？」

　俺の口から出たのはそれだけだった。混乱している頭に浮かぶのは、先日電話した梨衣子さんとの会話。

『芽衣ちゃんを幸せにできるのはあなたしかいないと思います。迎えに行ってあげてください』

　そんな嬉しい言葉に続けて、こうも言っていた。『今のあの子を見たら驚くかもしれないけど、ちゃんと話し合ってくださいね』と。

　それを聞いた俺は、もしかして太ったのか？とか、服装やメイクの好みが変わった？とか、外見的な変化を想像していた。

　どんなふうになっても芽衣子は芽衣子だから問題はないと思っていたが……まさか、子供と親しげな男がいるとは。

あの子は一歳ちょっとくらいだったよな。妊娠や出産について詳しくはわからないが、時期からしておそらく……俺の子、なんだろうか。

だとしたら、震えるほど喜ばしい奇跡が起きていたことになる。俺と芽衣子の、愛し合った証が生きているのだから。しかし同時に、出産も育児もすべてひとりで頑張らせてしまって、心の底から悔やまれる。

あの男との子供である可能性もなくはないが、俺と別れてすぐにそういう関係にならなければ無理だろうし、芽衣子がそんな軽はずみな行動をするとは思えない。

だが、彼女があいつを子供共々慕っているだけで、他の男が彼女に触れるだけで、胸が焼け焦げそうなほど痛くなる。その権利を奪いたい。芽衣子と子供ごと。

たくさんの感情が一気に押し寄せて胸を掻きむしりたくなりながら、とにかく彼女と話すべく追いかけようとした時。

「羽澄さん⁉」

すぐそばから呼ぶ声が聞こえ、振り向いて目を丸くした。俺と同様に驚いた様子で顔を覗き込んでいたのは、意外にも妃だった。

「妃？　なんでこんなところに」

「実家がこっちなんですよ。というか、羽澄さんこそなんで……」

彼女は俺が行こうとしていた方向になにげなく目をやり、芽衣子の姿を捉えたのかはっとした様子を見せる。

「もしかして、芽衣子さんに会いに？」

そう言うということは、妃は芽衣子がここで働いているのを知っていたらしい。つまり、俺たちの事情もバレていると考えるべきだろうし、今は取り繕う余裕もない。

「そうだ。俺がこれまでがむしゃらにやってきたのは、すべてこの時のためだからな」

素直に認め、足を踏み出そうとしたものの、思いのほか強い力で「待って！」と腕を掴まれた。不意を突かれたせいでバランスを崩す俺を、妃が向き合う形で咄嗟に支える。

彼女は鋭い瞳で見上げ、眉をひそめる俺にどこか切実な様子で訴える。

「これまで野放しにしていたのに、どうして今さら会おうとするんですか？　芽衣子さんはまた振り回されるんですよ」

責めるような言葉が胸に刺さった。妃の言うことも一理ある。

しかし、誰に止められても芽衣子に会わないという選択肢はない。予想もしていなかった最悪の展開が待っているとしてもだ。

「二年前、俺はいつか必ず迎えに行くと宣言した。芽衣子との幸せを取り戻すために。

だから、たとえどんな結果になろうと彼女のところへ行く。……ただ会いたいんだ」

この焦燥は、つまるところ彼女に会いたいという単純な想いに尽きる。俺の子かもしれない子供がいるならなおさらだ。

強い想いを口にすると、妃は驚いたように目を見開いた。やや戸惑いを露わにしつつ、俺の腕を掴む力を緩めて手を離す。

「……引き止めてすみません。でも、少しだけ話をさせてくれませんか？　羽澄さんも気になるでしょう。芽衣子さんがなんでこの店にいるのか」

図星を指され、心が揺らぐ。一気に入ってきた彼女の情報が多すぎて頭が追いつかないのは確かで、一旦整理してから彼女のもとへ向かいたい気もする。

芽衣子が去っていったほうを見やると、もう姿は見えない。住所も聞いていることだし、焦らなくても逃げられはしないはず。

少しだけ思案し、妃に向き直って「わかった」と頷いた。

お好み焼き屋へ足を向ける彼女に続いて中へ入ると、まだ夕飯には時間が早いせいか客はいない。食欲をそそるソースの香りが鼻をかすめた直後、先ほどの男が奥から陽気に出てきた。

「らっしゃーい！　おっ、千尋ちゃんじゃーん」

「こんにちは。ふたり、いいですか？」

常連客なのだろう妃を見てぱっと表情を明るくした彼は、俺に目線を移してぽかんとする。

「イケメンがイケメン連れてきた……。千尋ちゃんの彼氏？」

「違います、先輩ですよ。あ、今も先輩って言っていいのかわからないけど」

ためらう彼女に「いいんだよ」と笑いかけていると、彼は顎に手を当てて俺をじっくり見てくる。

「ん？　お兄さんどっかで見たような……」

もしかしたらニュースなどで俺の顔は知っているかもしれない。間近で見るとなかなか凛々しく整った顔立ちをしている彼に、とりあえず名乗る。

「羽澄と申します。失礼ですが、芽衣子さんとはどのようなご関係で？」

焦燥を抑えきれず単刀直入に問い質すと、彼は瞬時に表情を変え、険しい目つきで睨みつけてくる。

「あんたもしや、芽衣子のこと狙ってる？　ここに来たのもあいつが目的か？」

突如、威嚇する獣のような形相に変貌した男に、妃はギョッとしつつ口の端を引きつらせて宥めようとする。

「いや輝さん、私が誘って……」

「そうです。芽衣子に会いに来ました」

彼女を呼び捨てしているのにもいら立ち、どうしてもケンカ腰になってしまう。平然と答える俺に、彼は憤りをまったく隠そうとしない。

「なぁにぃ～!?　あいつ見たさじゃなくて、俺のお好み焼きを食うために来いっつーんだよ！　ったく……あんたには俺のオススメしか食わせねぇからな」

どうやら俺が不純な気持ちでここに来たことが気に食わないらしい。昭和の頑固親父のごとく感情をぶちまけて奥に下がっていった。

妃は彼の人となりをよく知っているのか、やれやれといった調子で苦笑する。

「よく潰れないなぁ、この店……」

「なんか無駄に熱い人だな。輝さん、といったか」

「ここの店主の輝明《てるあき》さんです。よくも悪くも熱血な人なんですけど、基本お調子者なので楽しいですよ。数年前に彼がお店を出してから、実家に帰るとついここに寄っちゃいます」

輝明さんが店主だったのか。気さくで明るいし、それを好んで通う客も多いのだろう。今みたいにキレるのも、もしかしたら名物になっているかもしれない。

とりあえずテーブル席に向き合って座り、お好み焼きのタネは輝明さんに任せて妃が話を切り出す。

「実は、芽衣子さんから聞いてました。一年間の契約婚だったことも、彼女が別れを切り出して、ずっと連絡を取っていないことも」

「やっぱりそうだったのか。よく周りに言わなかったな。俺が本当は離婚してるって」

「言ったら羽澄さんが困るでしょう。公表しないのには理由があるんだろうと思ったし、噂が大きくなると大変じゃないですか」

それはおそらく二年前のことを言っているのだろう。妃がむやみやたらに話す人じゃなくてよかった。

「助かるよ。でも、そもそもどうやって芽衣子と会ったんだ？」

「半年くらい前に、たまたまここで会ってびっくりしたんですよ。その時は彼女もお客さんとして来てたんですけど、今年に入ってから働き始めたみたいです」

ということは、客として来た頃から輝明さんと親しくなっていて、産後一年ほど経って仕事を探していた時に声をかけてもらったとか、そんなところだろうか。

それはまだいいとしても、芽衣子の頭に触れたり、『大好き』などとぬかしたりするのは、普通の店主と店員という間柄ではありえないだろう。

「本当にどういう関係なんだ、あの男とは……」

「気になります？」

ため息混じりにぼやいたその時、水が入ったグラスを持って輝明さんがやってきた。

彼は俺の顔を覗き込み、にやりと口角を上げる。

「もうちょっと内緒にしとこー」

こいつ……。額に怒りのマークが浮き出ているかもしれないと思いつつ、完全に楽しんでいるこの男をじろりと睨みつけた。

俺たちのやり取りを眺めていた妃は、呆れ気味のため息と笑みをこぼす。

「そんなに敵対心むき出しにするほど芽衣子さんが好きなんですね。……羨ましい」

気だるげに片手で頬杖をついて呟く彼女。伏し目がちな表情が、長めの前髪で少し隠されている。

アンニュイな雰囲気も魅力があり、女性から〝カッコいい〟と騒がれるのもよくわかるなと日頃から感じていた。しかし彼女なりの悩みがあるようで、ぽつぽつと打ち明け始める。

「私は昔から、女らしい格好をしたり、女子とつるんだりするのが苦手で。パイロットを目指した理由のひとつは、圧倒的に男性が多い世界のほうが生きていきやすいかもって思ったからでもあるんです。恋愛経験もなくて、私は男と女のどっちが好きなのか、本気でわからなかった」

確かに妃はそういった類の話をしないが、まったく恋をしたことがないとは。珍しいなとやや驚いていると、彼女はぱっと顔を上げて俺をまっすぐ見つめてくる。

「でも羽澄さんに会って、初めての感情がいっぱい出てきたんです。褒められたい、可愛く見られたい、女性として意識してほしいって。羽澄さんが結婚したと知った時はショックだったし……芽衣子さんがすごく羨ましかった」

妃は再び長いまつ毛を伏せ、本音を吐露した。

彼女が慕ってくれているのはわかっていたが、単純に機長への憧れを抱いているのだと思っていた。しかし今の発言からすると、それだけではなかったのだろうか。少なからず複雑な心境になる。

「彼女の前では必死に〝いい後輩〟でいようとしました。羽澄さんにもそう思っていてほしかったから。でも、心のどこかに妬む気持ちもあって……。同期の子が彼女の悪口を言い振らしていた時も、あえて注意もせず黙っていました。あんな噂が広まった原因は、私にもあるんです」

彼女はその表情に影を落とし、さらに正直な気持ちを語った。

妃が正義感の強いタイプなのは、パイロット時代から知っている。そんな彼女が見て見ぬ振りをしたというのも、芽衣子に嫉妬していたのも意外だ。

とはいえ、黙認したことについて彼女を責める気はない。

「妃が注意したとしても、噂は広まっていただろう。人の不幸は蜜の味ってやつで、残念だがそういう話が好きな人間は一定数いるからな。君も一緒になって芽衣子を罵っていたなら話は別だが」

「そんなことはしてません！」

冷ややかな口調になる俺に、彼女は目を見て即答した。おそらく今の話は本当だと直感するも、彼女は「でも、謝りたいのはそれだけじゃなくて」と、気まずそうに続ける。

「芽衣子さんと再会してざっと事情を聞いた時、『羽澄さんはもう新しい道に進んでいるから心配しないで』って言ってしまったんです。あなたの彼女への想いは、すでになくなっているようなことを……」

「まさか、俺たちの仲を引き裂こうと？」

「いえ、そうじゃなくて！　そこまでして間に入り込もうとしたわけではないんです。ただその頃は、嫉妬というより、羽澄さんへの不信感があったというか」

妃があくどいことをしようとしたのかと一瞬表情を険しくしたものの、意外にも矛先は俺だったようで小首をかしげる。

「契約婚や離婚の話を聞いて、羽澄さんは彼女を本気で愛していなかったのか？って疑ってしまったんです。離婚を公表しないのも、自分のステータスに傷がつくからなのかもって、ほんの少し……」

「なるほど、俺はずいぶん薄情な男だと思われていたみたいだな」

「す、すみません！」

目を据わらせて言うと、妃はバッと頭を下げて平謝りした。

俺に好意を持っていたのは間違いではないのだろうが、どうやら泡沫のようなものだったらしい。一年契約だったなどと聞けば、疑うのも無理はないかもしれないな。

苦笑する俺に、妃はバツが悪そうに肩をすくめて言う。

「言い訳になっちゃいますけど、実は私も母がシングルなんですよ。だから、子供の立場で芽衣子さんに同情したり共感したりするうちに、彼女をひとりにした羽澄さんに猜疑心が湧いたんです。芽衣子さんへの羨みや嫉妬は、いつの間にかなくなっていました」

「そうか……妃のお母さんも苦労したんだな」

　彼女も母子家庭で育ったとは知らなかった。芽衣子が身ごもっていたのに別れたのだから、自分の境遇と重ね合わせて俺を許せない気持ちが湧くのもわかる。

「芽衣子さんが吹っ切れていないのは明らかだったので、前を向けるようにあえて嘘をついたんです。でも今、実際に彼女への想いを聞いたり、輝さんに嫉妬したりする姿を見て、私の勘違いだったたって気づきました」

　妃は心底申し訳なさそうな顔で、「余計なことをして本当にすみません」と、もう一度深く頭を下げて謝った。

　彼女の話を聞けば、さっき俺を引き留めた理由にも納得がいく。おそらく、前に進もうとしている芽衣子を惑わそうとするな、という気持ちからだったのだろう。

「あいにく俺は、二年前からずっと本気だよ」

いたずらっぽく口角を上げてみせる。妃は苦笑を漏らし、テーブルに肘をついて頭を抱えた。

「私ってほんと、恋愛に関してはダメダメですね。男性の気持ちもわかってないし、自分の中に醜い女の部分があるってことも知りませんでした……」

　彼女が自分に落胆するように力なく呟いた時、テーブルにタネが入ったボウルをドンと置かれた。目線を上げると、輝明さんが穏やかな目で妃を見下ろしている。

「それが恋ってものなんじゃん？　誰だって綺麗なままではいられないでしょ。嫉妬もするし、間違えもする」

　初めて共感できる発言をした彼は、妃の隣の席に腰を下ろし、俺に挑発的な笑みを向けてくる。

「羽澄さん、でしたっけ。あなたも今そんな感じなんじゃ？　芽衣子を手放したこと後悔して、俺に嫉妬してこの鉄板くらいジリジリしちゃってるでしょ。ねぇ？」

「そうですね。なので丸焼きにしていいですか」

　口元にだけ笑みを浮かべて棒読みで返した。いい性格してるな、この人……。

　無邪気に笑っている彼に辟易するも、ふと直前の会話を頭の中で反芻してはっとする。俺が誰なのかを知らなければ、今の言葉は出てこないはず。

「知っていたんですか？　俺と芽衣子の関係を」

「タネ作りながら、そういえば羽澄って〜って思い出しましたよ。世界に名を馳せる航空王兼、芽衣子の元旦那様」

　〝航空王〟と〝元〟の部分を強調された気がしたが、ひとまずスルーしておこう。

　輝明さんは焼くところまでやってくれるらしく、キャベツがたくさん入ったタネを混ぜながら話し出す。

「あなたがいない間、俺は芽衣子を支えてやろうって勝手に心に決めたんです。あいつは遠慮してたけど、普通に考えて大変じゃないですか。離婚してから身ごもってるのがわかって、ひとりで育てていかなきゃいけないなんて。だから時々飯を奢ってやったり、子連れで働けるようにしたり、手助けしてるんですよ」

手際よく鉄板にタネが流され、ジュウジュウといい音を奏でた。俺の心も、嫉妬やら悔しさやらで焼け焦げていきそうな気がする。

どうして輝明さんがそこまでするのか、最大の疑問を投げかけようとする寸前、彼は俺の気持ちをわかりきった様子で言う。

「なんでそこまで？って思うでしょ。当然なんですよ。家族だから」

「家族？」

意味がわからず眉根を寄せると、彼はボウルやスプーンを置き、太ももに両手を乗せて姿勢を正す。

「自己紹介してなかったですね。俺は店主の、益子輝明です」

フルネームを名乗られ、俺は目を見開いた。

「益子……って、まさか」

「そう。あのクズ親父、益子の実の息子です。まあ、成人して家出てから絶縁状態だったし、母も結構前に離婚してるんで、血の繋がり以外はもうなんの関わりもないけど」

意外すぎる関係が明かされ、開いた口が塞がらない。

芽衣子の異母兄妹だったのか。彼女の家族は梨衣子さんだけだと思い込んでいたから、その可能性はすっかり頭から抜けていた。

「そうだったんですか……。ひとり息子がいると聞いてましたが、まさかあなただったとは」

「その節は父がご迷惑をおかけしました。って、俺が謝る義理はないんだけど」

頭を下げたかと思いきや、輝明さんは忌々しそうな顔をして鼻で笑った。こうやって自分の家族にまで嫌な思いをさせるのだから、やはり益子がやったことは許せない。

「あの事件があって、親父に隠し子がいるって記事を見た時は腸が煮えくり返りそうになりましたよ。でも昔から兄弟に憧れがあったから、妹がいるってわかったら好奇心のほうが勝って、いろんな伝手を使って捜したんです。そしたらあんな可愛い子が現れるもんだから……そりゃもう、兄ちゃんなんだってするわ！って感じで」

父親の件でやや同情していたというのに、焼き具合を見ている彼の顔がどんどんにやけてくるので、俺の目が据わる。

「妹相手に変な気は起こしてないでしょうね」

「なわけあるかい！　親父とは違って倫理観ある男なんですー、俺は」

即座に否定してくれたので内心ほっとした。距離の近い言動には少々物申したいが、妃も「輝さん、この歳で妹ができた！ってすごく喜んでましたもんね」と言っているし、彼にとっては家族に対するスキンシップで他意はないのだろう。

輝明さんは華麗にお好み焼きをひっくり返した後、再び腰を下ろして思いを巡らせながら言う。

「なんかこう、罪悪感みたいなのもあったかな。芽衣子たちは苦労してんのに、俺は正式な家族で不自由なく暮らしてたから。今からでも兄貴らしいことしてやりてぇなと思って。最初はだいぶ警戒されてたけど、俺に悪意はないってわかったらだんだん頼ってくれるようになりましたね」

彼の気持ちもわからなくないし、本当に妹として大事に思っているようなので、芽衣子が心を許しているのも納得した。

彼女がひとりで子育てもしながら元気にやれているのは、きっと輝明さんの支えがあってこそなのだろう。悔しさは消えないし、俺が言えた立場ではないかもしれないが、素直に感謝したい。

「俺が言うのはおかしいかもしれませんが、ありがとうございます。芽衣子たちを助けてくださって」

しっかりと頭を下げると、彼は一瞬キョトンとした。そして〝調子が狂う〟とでも言いたげに、頭をぽりぽりと掻いて言葉を返す。

「……いや、俺は言うほどたいしたことはしてません。俺はなんでも手伝ってやるつもりだったけど、育児だけは手出しさせてもらえなかった。たぶん、その役目は父親のあんたのために取ってあるんだと思いますよ」

意外なひと言に、俺は目を見開いた。輝明さんは初めて優しい笑みを向けてくれる。

「口には出さないけど、あいつはずっと羽澄さんを待ってるはずです。行ってやってください」

和やかになったかと思いきや、輝明さんは厳しい表情に戻ってすっくと立ち上がり、いい色に焼けたお好み焼きにソースやねぎを勢いよくかけていく。

「だけどなぁ！　あいつんとこ行くのは、このお好み焼きを食ってからにしな。ほれ、いっちょ上がり！」

「これ、本当に美味しいんですよ。牛すじがとろっとしてて」

「千尋ちゃんのもやもやも一緒に焼いといてやったから！　いっぱい食べな」

輝明さんなりの慰めに妃も明るく笑い、熱々のそれを皿に乗せてもらっている。俺も頬を緩め、「いただきます」と言って箸を手に取った。

芽衣子がいい人に恵まれているのは、彼女の人柄のおかげなんだろう。ひとりではなくてよかった。しかし、やっぱり一生俺のそばにいてほしい気持ちは揺らがない。

二年間も離れてしまったことをお互いに反省して、今度こそ幸せな家族になろう。

純情ママは執愛に陥落する

——今から二十年ほど前、しし座流星群が大量に見られると話題になった年、母と梨衣子の三人で天体観測をしたことがある。

実際にたくさんの星を見たのも初めてだったので、流れ星は衝撃的だった。

本当に何十個も星が降ってきて、幼いながらにものすごくロマンチックだと思った。その時に教えてもらった、『流れ星は天国の光のかけら』だという言葉も。

自分がなにを願ったかも忘れてしまったのに、その言葉は鮮明に覚えている。まるで宝石を散りばめたような星空も、母の笑顔も、私にとってすごく印象的だったのだろう。

だから娘の名前を考えている時、梨衣子が『カナダではエマって名前が人気だよ。意味のひとつは〝宇宙〟なんだけど』と教えてくれて即決したのだ。

あの流れ星のように綺麗で神秘的な景色を意味する言葉なら、この子の人生も光り輝くものになるかもしれない。

ささやかな願いを込めて名づけた恵茉は、ふたりだけの生活でも元気にすくすく育っている。

そんな彼女の様子を見ながら、私は今日もソースの香り漂う店内を掃除したり、事務仕事をしたりしている。清掃員の頃のスキルはここでも活かせるので嬉しい。

一歳四カ月の今、保育園は一番入りづらい時期らしいので、もうしばらく自分で見ているつもりだ。輝さんが面倒を見つつ働けるように考えてくれたおかげで、本当に充実した日々を過ごしている。

賑わいがピークを越した午後一時半、お好み焼きを食べ終えた家族連れが、テーブルを片づける私にも声をかけて帰っていく。

「ごちそうさまでした。美味しかったです」

「ありがとうございます！　お気をつけて」

仲よく帰っていく彼らに、とても気持ちよく挨拶を返した。しかし同時に、彼が恋しくなって羨望の眼差しを向けてしまう。

──約二年前の契約が終了する日、まだ眠っている誠一さんに感謝を告げ、最後のキスをした。あまり長く一緒にいたら絶対泣いてしまいそうだったから、離婚届をもらったらすぐに去ろうと思っていた。

なのに、まさかあんな言葉をかけてくるなんて。彼の真剣な瞳と、伝えてくれた強い意志に心が動かされそうになったものの、家を出て物理的に離れたら気持ちは戻っていった。

それからお義母様たちに電話で離婚することを伝えた。『芽衣子さんが別れても事態は変わらないわよ』と厳しい口調で言われたけれど、優しさで引き止めてくれたのだと思っている。

それでも私の気持ちは変わらず、最終的に『好きにしてちょうだい』と怒らせてしまった。よくしてくれたのに、恩を仇で返すようなことをして本当に申し訳ない。

センチメンタルな気分で三人家族を見送ると、通りかかった輝さんが「そういや、千尋ちゃん昼は来なかったな」とひとり言のように言う。

妃さんと連絡を取っているみたいだし、意外と仲がいいんだよなとほっこりしつつ、もうひとりここへ来たがっている人がいたと思い出す。

「郁代さんも来たいって言ってたなぁ。今度連れてくるね」

「秋谷《あきたに》郁代は秋田《あきた》に行くんじゃねーのかよ」

ふざける輝さんに思わず吹き出してしまった。

郁代さんは結婚して秋谷さんになったのだが、今みたいに〝秋田に行くよ〟とからかわれるのでフルネームで呼ばれるのが嫌なのだそう。輝さんとは会うたびに言い合いが始まるので、まさに犬猿の仲という感じ。

実は、輝さんと郁代さんは高校の同級生なのだ。この奇妙な繋がりには驚愕した。

私が輝さんと知り会ったのは、離婚してすぐの頃。仕事終わりの空港内で、突然『君のお兄ちゃんなんだよー！』と言って現れた。ネット記事の件で不信感が強まっていた私はめちゃくちゃ警戒したのだが、一緒にいた郁代さんが驚くべき発言をしたのだ。

『え？　あなたもしかして、輝？』

『……郁代か⁉』

お互い知り合いだったようで、うぇ～いとハイタッチして盛り上がるふたりに、私はぽかんとしていた。まさか、学生時代によくつるんでいた悪友だったとは。

おかげで警戒心が薄れ、郁代さんと一緒に輝さんの話を聞いた。彼女は『ずっと輝って呼んでたから、苗字忘れてたわ』と笑っていて、益子の実の息子とは思わなかったらしい。

私も半信半疑だったけれど、その後いつかの私と同じように戸籍謄本まで用意してきたものだから、本当に異母兄なんだと信じさせられたのだ。私を心配してわざわざ帰国してくれた梨衣子と三人で会って話し、彼の人のよさを実感して信頼するようになった。

輝さんは『ずっと一緒に暮らしてきた息子の俺より、芽衣子が人目にさらされるなんて皮肉なもんだよな』と苦々しく言っていた。日本アビエーション社長の妻という立場だったせいだが、それでも誠一さんと一時でも夫婦になれたことは心から幸せに思う。

波乱万丈な人生だけれど、今も昔もそれなりに幸せだ。なにがあっても笑顔で、前を向いて歩いていかなくちゃ。

短時間のパート勤務を終えると、ずっと休憩室で遊んだりお昼寝したりしていた恵茉を連れて帰宅する。彼女が大事にしている白いうさぎのぬいぐるみを忘れそうになったものの、輝さんが渡してくれてよかった。

お店を出て、ぬいぐるみを抱いた恵茉と手を繋いで歩き出す。数秒後、後方から「羽澄さん⁉」という声が聞こえた気がして、私は反射的に振り返った。

いや、私はもう〝羽澄さん〟ではないし、こんなところに彼がいるはずもない。つい反応してしまう癖はいまだに直らないな、と苦笑を漏らしてすぐに前を向こうとした瞬間、人混みの中にひと際目立つ長身の男性を捉え、思わず二度見した。

あれは……誠一さん？　他人の空似じゃない、よね？

端正な顔に高貴な雰囲気を纏い、ただそこにいるだけで目を惹く彼。たったの一年間だけれど、誰よりも近くで見てきた愛しい人の姿を、見間違うはずがない。

まさか、本当に会いに来てくれた……？　約二年前の情熱が再燃するように、ドクンドクンと鼓動が大きくなる。

ところが、彼の隣に誰かいるのに気づく。それが妃さんだとわかり、私は咄嗟にわが子を抱き上げて電柱の陰に身を隠した。

挙動不審な私を、娘がつぶらな瞳で不思議そうに見上げる。

「ママぁ？」

「ごめん、恵茉！　ちょっと待ってて」

どうして隠れたのか自分でもよくわからないが、ずっと連絡を無視していた元旦那様に、なんの心の準備もなく会うのは気まずすぎる。しかも、ひとりではないようだし。

妃さんはここが地元らしいけれど、一緒に来たのだろうか。なにをしに？　もしや、ふたりはそういう仲……？

恐る恐る電柱の陰から顔を覗かせて確認してみたその時、ふたりが密着する瞬間が見えて瞠目した。胸に大きな痛みが走り、ぱっと顔を背けた私は、逃げ出すように早足でその場から去る。

今……抱き合ってなかった？　妃さんがしっかり腕を掴んでいるのははっきり見えた。やっぱり、彼女は好意を持っているんじゃないかな。

妃さんと再会した半年ほど前、誠一さんはどうしているか聞くと、『彼は新しい道に進んでいます。公私共に順調そうですから心配しないでください』と言っていた。それはつまり、彼の中で私とのことはしっかり過去になっているという意味だろうと受け取った。

その時は、寂しくはあったけれど納得していたし、安堵もしていたのだ。誠一さんが仕事もプライベートもうまくいっているなら、私が別れを選んだのは間違いではなかったと思うから。

彼が幸せならそれでいい。確かにそれが私の願いだったはずだ。それなのに――いざ女性とふたりでいる場面を見たら、拒否反応が出たみたいに逃げ出してしまった。

ある程度離れたところで、恵茉を下ろして肩で息をする。彼女はぬいぐるみを抱いたまま上を指差し、「コーキ！」と言った。

小さな指の先では、橙色の空を飛行機が悠々と飛んでいく。私もそれを見上げて、彼に想いを馳せる。

そうか……女性といるのを見るのが嫌なのは、当たり前といえば当たり前だ。私はまだ誠一さんが好きなのだから。彼が他の誰かと一緒になっても、私はきっとずっと忘れられない。

『いつか必ず、もう一度君にプロポーズをしに行く。俺が生涯で愛せるのは君しかいないんだ』

別れ際にあんなふうに言うから。もしかしたら本当にそんな未来が来るかもって、心の奥底で期待してしまっていたのだ。

私から無理やり別れた上に、二年も経つとなれば心変わりしていたって全然おかしくないのに。自分勝手で嫌になる。

「……恵茉がいれば十分なのにね」

小さくて柔らかな身体をそっと抱きしめ、ぷにぷにのほっぺに頬ずりする。

妊娠がわかった時はものすごく不安だったし、誠一さんに伝えなくていいのかと葛藤した。でも、伝えてしまったら離れた意味がない。彼が仕事に集中できるようにしたくて、やっぱりひとりで生もうと決めた。

するといつの間にか、不安よりも喜びのほうが上回っていた。彼との宝物が自分の中に残っていたことと、それを大事に育てていくという新たな生きる目標を見つけられたから。

この子さえいれば私は幸せだ。彼との甘い日々をもう一度過ごしたいなんて、贅沢な望みはいらない。


私たちが暮らすアパートは、商店街から徒歩十五分ほどの場所にある。やや古さを感じるものの、以前住んでいたアパートに比べたら断然綺麗で、セキュリティーもある程度保たれているところだ。

離婚した当時は安いビジネスホテルに数日泊まり、早急に物件を決めようとしていたのだが、輝さんが現れたことと妊娠の発覚で状況は一変。もっと子育てしやすい環境にしたほうがいいだろうと、住む場所も職場も改めて考え直した。

つわりが始まったのもあり、清掃員の仕事は思いきって辞めた。子供が生まれたら不規則な勤務は難しいし、空港で働き続けると誠一さんや日本アビエーションの方々と会う機会が多く、精神的につらいというのも理由のひとつだ。

そんな私に、輝さんがお好み焼き屋を手伝わないかと誘ってくれて今に至る。比較的治安もよく、自然も多くて子育てするにはよさそうだと感じたため、住む場所もその近くに決めた。

出産前後は梨衣子が帰国してくれて、しばらく一緒に生活していた。この頃はやっぱり初めてのことばかりで不安だったから、彼女がいてくれて本当に助かったしありがたかった。この道を選んだ私を決して否定せず支えてくれた梨衣子は、やっぱり最高の理解者だ。

1DKの部屋は恵茉とふたりで暮らすには十分な広さで、不都合があるとすれば気密性が少し低く冬が寒いことくらいだろうか。誠一さんの豪邸とは雲泥の差だけれど、私にあの家は贅沢すぎた。

夜泣きしていた時期は住人の迷惑にならないか心配だったものの、苦情が来ることもなく平和に暮らしている。離乳した今は夜も起きなくなってきたし、私の言っていることをだんだん理解してきたようでコミュニケーションがスムーズになってきた。

夕飯を食べ終えた今は、木で作られたおままごとのセットでひとり遊んでいる。

「恵茉、そろそろお風呂入るよ」

「うー、う！」

一生懸命、唸りながら包丁で人参のおもちゃを切っている恵茉を微笑ましく眺めつつ、着替えの準備をする。お風呂に入る前にスマホをチェックすると、輝さんからメッセージが来ていた。

【明日は人足りてるから休みでいいぞ！　家族水入らずでどうぞごゆっくり】

「えっ、なんで急に？」

さっきまでなにも言っていなかったのに、急きょ休みにされるとは何事だろう。しかも、私と恵茉だけなのに〝家族水入らずで〟って、なんだか違和感がある。

首をかしげて返事を打とうとした時、インターホンが鳴った。恵茉に「ちょっと待っててね」と声をかけてモニターのもとへ行く。このドアホンも前のアパートにはなかったもので、防犯のために絶対これがついている物件にしたほうがいいと、いろんな人から忠告された。

時刻は午後七時になるところ。荷物も頼んでいないし勧誘かなにかかなと、軽く考えながらモニターを覗いた私は、目を見開いて固まった。

う、嘘……なんであなたがここに？

映像が鮮明ではないから今度は見間違いかもしれないと、何度も瞬きして凝視する。しかし間違いない。そこに立っているのは、先ほども見た愛しい人――誠一さんだ。

息が苦しくなるほど動悸がし始める。どうしようと一瞬戸惑うも、無視することはできず震える指でボタンを押す。

「……誠一、さん？」

《芽衣子》
モニター越しにこちらを見る彼に、約二年ぶりに名前を呼ばれて激しく動揺する。
「え……な、なんで⁉」
《こんな時間に急に来て、驚かせてすまない。場所は梨衣子さんから聞いた》
梨衣子ってば、絶対に教えないでって言ったのに！
……と頭を抱えたくなるけれど、そりゃあ無理だよねとすぐに諦めた。私が本当は誠一さんに会いたいと願っていることは、簡単に見抜かれていたはずだから。
《出てきてくれないか。君の顔が見たい》
切実そうに言われ、胸がきゅっと締めつけられた。抑えても嬉しい気持ちが込み上げてくる。
でも、彼はなんの話をするつもりなのだろう。私たちはもう終わっているんじゃないの？　今会ったら、きっともう離れたくなくなってしまうのに。
「……ダメです」
《どうして？》
「どうしてって……だって、誠一さんはもう別の生活があるんでしょう⁉　さっきも妃さんと一緒にいたじゃないですか」

ふたりの密着した姿を思い出し、つい声を荒らげてしまった。これじゃバレバレだ。私が嫉妬でいっぱいになっているのが。

矛盾したいろいろな感情で心がこんがらがる私に対し、誠一さんはなんの迷いもない落ち着いた表情でこちらを見つめ続ける。

《俺の気持ちはあの頃となにひとつ変わっていない。もう一度、君と夫婦になるためにここへ来た》

迷いのない彼を見て、心臓が大きく脈打った。誠一さんは無責任にこんなことを言う人ではない。そうわかっているけれど……。

「でも……私、あなたに酷いことを言ったのに」

《あれは本心じゃないんだろ。俺のために別れようとしたんだってわかってる。だからこうして、力をつけて君を取り戻しにきたんだ》

力強い声が、私の心をぐらぐらと揺さぶる。どうしよう、返事が出てこない。

《信じてもらえるまで、ここで君への愛を語ろうか》

「えっ？」

黙り込んでいると、そんなひと言が聞こえてきた。戸惑う私をよそに、彼は真剣な眼差しをこちらへ向けて語り始める。

《君の優しい心に惚れ込んでいるのは、今も変わらない。誰かのために我慢して、苦しくても笑って、自分を犠牲にするのは愚かなのかもしれない。でも俺は、そんな君を誰より美しいと思う。足りないものは補ってやりたいし、誰よりも愛して、幸せにしてやりたい》

私をまるごと包み込んでくれるような言葉に、絡まっていた心が解されていく。

《君の笑顔も、話し方や仕草も全部可愛くて、それから——》

「ちょちょ、ちょっと待って！」

放っておいたら止まらなそうで、慌てて玄関へ向かう。こんな告白を住人たちに聞かれたら、恥ずかしすぎて家から出られなくなりそうだ。

思いきってドアを開けると、以前と変わらない麗しくとろけるような微笑みがそこにある。

「とにかく俺は、君のすべてを愛してる」

機械越しじゃなく直接甘い声で続きを聞いた途端、ぶわっと一気に涙が込み上げて視界がぼやけた。

一歩近づいた彼が腕を引き寄せ、しっかりと抱きしめられる。すっぽり包まれた温かな腕の中で、パタンとドアが閉まる音が聞こえた。

「……ほんとはずっと、ずっと会いたかった……っ」

泣きながら押し殺していた本音を口にすると、誠一さんは優しく笑って「知ってる」と言った。もう心の声を抑えるのは無理だ。

「他の人のところには行かないで」

「行くわけない。俺の心も身体も、全部芽衣子のものだよ」

耳元に響くもったいないほどの甘い言葉で、不安は払拭されて心がどんどん満たされていく。

どうして忘れていたんだろう。自分自身の幸せをもっと大事にしなければいけないことを。誠一さんと、恵茉が幸せならそれでいいという気持ちは変わらないけれど、もう自分の想いを犠牲にするのはやめよう。

恋しかったぬくもりを貪るように抱きしめ合っていると、「まぁま……？」と不思議そうな声が聞こえてきてはっとする。いけない、誠一さんは子供の存在を知らないんだった。

慌てて涙を拭い、しゃがんでリビングの戸口に立っている恵茉に「おいで」と両手を広げた。トコトコと拙い歩き方でやってきた彼女を抱き上げ、どんな反応をするだろうとドキドキしつつ彼に向き直る。

「あの、誠一さん、この子は……」

「俺たちの子、なんだよな」

神秘的なものを見るような目で娘を見つめる彼は、すでに存在を知っていた様子だ。梨衣子が伝えていたのかもしれない。

「はい。恵茉っていいます」

「恵茉……めちゃくちゃ可愛いな。芽衣子によく似てる」

「私は誠一さんに似てるって思いましたよ」

彼は感動を露わにして頬を緩め、愛娘の頬に軽く触れる。キョトンとしている彼女に私が「パパだよ」と教えると、意味はわからないだろうが澄んだ瞳でじっと誠一さんを見つめていた。

「よろしく、恵茉。これからはずっと一緒にいような」

そう言う彼に娘ごと抱かれ、もう離れはしないのだと実感して幸せで満たされる。

こんなふうに三人でいられる日が来るなんて。涙腺は緩みっぱなしで、また浮かんでくる涙を瞬きで散らした。

するとすると恵茉が、なにかを思い出したように「あっち、あっち！」と部屋のほうを指差し、誠一さんと顔を見合わせた。下ろしてあげるとリビングへ意気揚々と向かっていくので、私たちも後に続く。

恵茉は再び人参のおもちゃを切ってお皿に乗せ、落とさないようこちらに持ってきて誠一さんに差し出す。

「にんにん。どーじょ」

「くれるのか？　ありがとう。くっ、可愛すぎ……」

しゃがんでお皿を受け取った彼は、悶えたい衝動を堪えるように顔をくしゃっとさせていた。こんなに歓喜する彼を見るのは初めてで、私も嬉しくて笑いがこぼれた。

話したいことがたくさんあるので、誠一さんには少し待っていてもらって先に恵茉とお風呂を済ませた。それからも、恵茉が寝るまで遊びに付き合っていた彼は終始楽しそうで、ふたりのやり取りを見ているだけで本当に幸せだ。

明日はお互い休みなので、今夜誠一さんにはここに泊まってもらう。彼はそれも想定して着替えなども準備していて、さすがだなと感心する。もし子供がいなかったらふたりで夜を過ごしていたのか……と思うと、ふしだらな妄想がよぎってひとりドキドキしていたのは内緒だ。

こうして明日まで一緒にいられるのは、気を遣って私も休みにしてくれた輝さんのおかげである。

実はここに来る前、彼のお店でお好み焼きを食べてきたと言うので驚いた。そこでいろいろ話したようなので、誠一さんが子供のことを知っていたのも、先ほど来た輝さんからのメッセージにも納得する。

輝さんは『休みにするのはあんたのためじゃなくて、芽衣子と恵茉のためだからな！』と、ツンデレみたいな態度を取っていたと聞いて笑ってしまった。彼は私たち親子をとても可愛がってくれている、過保護な兄という感じなのだ。

そんな彼と私は親密な仲なのではないか、と誠一さんは誤解しそうになったらしいが、私は逆に妃さんとの関係を疑ってしまったので反省している。彼女とは偶然会っただけで、抱き合っているように見えたのも腕を引かれて体勢を崩した瞬間だったらしい。

「まさか妃さんが、誠一さんのことを薄情な人だと誤解していたとは……」

隣の部屋で恵茉を寝かせた後、リビングのラグマットに寄り添って座り、詳しい話を聞いた私は控えめな声で呟いた。

妃さんと再会して私たちのことは明かしたけれど、そこまで詳しく話したわけではなかったから誤解させてしまったらしい。

「俺が新しい道に進んでいるって、よかれと思って君に言ったが、余計なことをして悪かったと反省していたよ。芽衣子が俺のことを吹っ切れるようにしてあげたかったらしい」

「確かに、『彼のことは思い出にして前に進んだほうがいいです』って説得されました。きっと私が、妃さんのお母さんと似たような境遇になったせいですね」

彼女は、お母さんをひとりにさせたお父さんを許せなかったのかもしれない。誠一さんに猜疑心を持ってしまったのもそのせいなのだろう。

妃さんに言われて、やっぱり誠一さんとやり直すことはないと思っていたし、連絡も取らなかった。ただ、恵茉のことを伝えるべきかどうかはかなり悩んだ。

「妊娠しているってわかった時、連絡しようかすごく迷ったんです。恵茉は私だけの子じゃないから。でも、誠一さんが仕事に集中できるように離婚を選んだのに、連絡したら意味ないなと思って。……なにも知らせなくて、すみませんでした」

生まれたばかりのわが子と過ごす時間を、私が誠一さんから奪ってしまった。あんなに幸せそうに接する彼を見た今は、それはとても愚かなことだったと罪悪感でいっぱいになっている。

それなのに彼は責めもせず、俯く私の頭を引き寄せて申し訳なさそうに言う。

「俺のほうこそすまなかった。ひとりで出産も子育てもして、大変なんてものじゃなかっただろうに」

「なんで誠一さんが謝るんですか。全部私が選んだ道なんだから、いいんですよ」

「いや、そもそも離れなきゃいけないと君に思わせてしまったのがいけないんだ。俺が未熟だったんだよ」

決してそんなことはないのに気を遣った言葉をかけてくれるので、私は首をぶんぶんと横に振った。

「だから、経営を立て直すことで周りの人間を認めさせて、なんの文句も言わせないくらいの力をつけようと決めた。いつか芽衣子を取り戻して、今度こそ幸せにするために」

誠一さんの声に力強さが戻ってドキリとする私に、彼はおもむろに左手を見せてくる。その薬指には今も色褪せないリングが輝いていた。

懐かしい指輪……私に会うからつけてきたのだろうかと、胸が温かくなった直後に彼は言う。

「俺は二年間、この指輪を外していないし、離婚も公表していない。ほとんどの社員は、俺たちはまだ夫婦だと思っている」

予想外の事実に私は目をしばたたかせ、「ええっ⁉」とすっとんきょうな声をあげてしまった。慌てて口を押さえ、恵茉の様子を伺うも起きた気配はない。

まさか、まだ結婚しているように偽っていたなんて。そんなことをするメリットが誠一さんにあっただろうか。

「なんでですか……⁉ 私との関係を絶てば、根も葉もない疑惑を払拭できて、もっと業務がやりやすくなったはずなのに」

「夫という立場でいれば、芽衣子を守り続けられるからな。君はそれすらも負担になると思っていたようだが、この通り問題はなかったよ」

したり顔で言われ、シャツの胸元を掴んでいた私はへなへなと脱力した。

そうだよね……誠一さんほどできる人なら、私がいてもいなくてもちゃんと結果を出していただろう。今なら簡単にわかるのに、当時そうやって考えられなかったのは精神的に余裕がなかったからだろうか。

誠一さんのためになると思ってしたことが、まったく意味がなかったように感じて無力感に襲われる。

「結局、私がしたことは無駄だったんですね……」

「そんなことはない。こんなに早く業績を上向きにできたのは、仕事だけに全力を注ぐ時間を芽衣子が作ってくれたからだ。もちろん離婚してよかったわけじゃないが、離れた時間も無駄にはしなかったよ」

頼もしい声に彼の心遣いを感じる。ただの慰めだとしても、落ち込んでいく気持ちを受け止めてもらえたような、救われた気分だ。

「でも、いつも寂しかった。君の顔が見たくて、声が聞きたくて、触れたかった」

度量の大きさを見せつけた彼だが、本音を吐露して私の頬にそっと手を当てる。切なさが滲む情熱的な瞳で見つめられ、胸がきゅうっと締めつけられた。

「もう一度、君の人生を俺に預けてくれ。最期の瞬間まで愛し抜くと誓う」

一度目とはまったく重さが違うプロポーズに、熱いものが込み上げてくる。こんな私に最上級の愛を注いでくれる、誰よりも尊い彼に誠心誠意応えなければ。

「私も誓います。二度と誠一さんに寂しい思いはさせません」

温かな手を取り、潤む瞳をまっすぐ向けて宣言する。彼はふっと口元を緩め、

「どっちがプロポーズかわからないな」と嬉しそうに笑った。

そして彼は、ポケットからなにかを取り出し、私の左手を取る。薬指に滑らされるのは、あの日置いていった結婚指輪だ。一年足らずで役目を終えたと思っていたそれは、今も変わらない輝きを放っている。

「俺を待っていてくれて、恵茉を生んでくれてありがとう。皆で幸せになろうな」

誠一さんの言葉に感慨深くなりながら、ぴたりと嵌まった指輪から彼へと目線を移してしっかり頷く。

「はい、必ず。誠一さんも、迎えに来てくれてありがとうございます。大好きです」

満面の笑顔で告白すると、彼は照れたように笑って私を抱きしめた。そして「俺も愛してる」と惜しみなく囁き、唇を寄せ合う。

ものすごく遠回りしてしまったけれど、ようやく本当の夫婦になれたのだ。もうなにがあってもこの幸せは手放さないと、甘く優しい体温を感じながら心に誓った。


再び夫婦として生きていくと決めた日の翌日は、初めて家族三人でゆっくり過ごした。出かけたのは近所のスーパーと公園くらいで、子供との普段の生活を誠一さんに体感してもらったような感じだ。

恵茉は生まれた頃からよく輝さんと会っていたせいか、男性にもあまり人見知りをしない。とはいえ、輝さんを父親だと思ってしまわないよう一線を引いていたので、こんなに長い時間一緒にいるのは誠一さんが初めて。

最初は嫌がったりしても仕方ないと覚悟していたものの、それは杞憂だった。意外にもすぐに誠一さんを気に入ったようで、彼が帰る時には不機嫌になってしまうくらいだったから。

早くふたりに親子としての絆ができてほしいと願っているので、上々な滑り出しだ。しかし胸を撫で下ろす私とは反対に、誠一さんは娘の変化に戸惑ったり一生懸命宥めたりしていて、なんだかとても微笑ましかった。

すぐにでも三人で暮らしたいところだったが、急に仕事を辞めるのは迷惑なので、しばらく母子ふたりの生活を続けながらいろいろな準備を進めた。輝さんは『ふたりがいなくなるなんて……羽田の近くに移転しようかな……』とぶつぶつ呟くほど寂しがっていたけれど、お店には定期的に通うつもりなのでなんとか立ち直ってほしい。

そうして、再び誠一さんの家に引っ越したのは、再会して一カ月ほど経った四月の中頃。

その間にご両親にも会いに行き、婚姻届も提出した。私と誠一さん、両方の言い分を聞いていたお義母様は『やっと戻ってきてくれたわね』と安堵した様子で、お義父様は恵茉にメロメロになっていた。私を咎めたりしないふたりには本当に頭が上がらない。

ついに家族三人で暮らし始め、私たちは新鮮でとても幸せな日々を過ごしている。

ゴールデンウィークに入った今日は、郊外の動物園に行ってきたところだ。

予想通りかなり混雑していたが、こんなに大きな動物園に来たことがない恵茉は、初めて見る動物たちに興奮してとても楽しそうだった。アルパカと触れ合えるコーナーでは「もふーもふー！」と喜んでいて、動物の被り物もあったので被らせてみると、その可愛さに私たちが悶絶した。

こういう場所にひとりでは連れていってあげられなかったし、写真も撮る余裕があまりなかったから、父親がいるのは大事だとつくづく感じる。これから三人でいろんなところに行きたいな。

……という話をしたら、誠一さんが『水族館も遊園地も、行きたいところ全部連れていくよ。貸し切りにして』と、さらっと言うので思わず天を仰いだ。今日みたいな人の多さは危険だと感じたかららしいのだけど、贅沢すぎるので遠慮しておいた。まったく、大富豪はスケールが大きすぎて困る。

帰りの車内、チャイルドシートに座っている恵茉は、パパに買ってもらった大きめのアライグマのぬいぐるみをしっかり抱っこして眠ってしまった。これを買う時も、誠一さんは全種類買おうとするので慌てて止めた。まったく大富豪は……。

でも全然憎めない彼は、ミラーをちらちらと見ては頬を緩めている。

「まさに天使だな。本当に可愛い」

「すごくはしゃいでたから、家に帰ってもしばらく起きないかも。誠一さんも疲れたでしょう。連れてきてくれてありがとうございます」

今日に限らず、誠一さんは忙しい日々を過ごしながらも毎日家族との時間を作ってくれている。急に子供と暮らすようになってストレスも溜まりそうなものだけれど、彼はそんなことをまったく感じさせず、今も表情は晴れやかだ。

「平気だよ。君たちの笑顔を見れば、疲れなんてどこかに飛んでいく」

「私も、ふたりがいればいつも笑顔でいられます」

優しい眼差しを私に向ける誠一さんに、にこりと微笑んだ。彼はふいに含みのある表情になり、こちらに手を伸ばしてくる。

「恵茉がしばらく起きなそうなら、俺たちが愛し合う時間もあるな」

私の右手に左手が重ねられると同時に意味を理解して、ドキリと心臓が跳ねた。

私たちは再会してからまだ身体を重ねていない。正直、彼の肌が恋しくて悶々としていたところなので、彼の小指に指を絡めて「……そうですね」と返した。

甘いひと時への期待が膨らむ自分にはしたない気分になっていると、誠一さんはどことなく不安げに問いかけてくる。

「産後クライシスって言葉も聞くが、芽衣子は嫌じゃないか？　俺に触れられても」

「嫌だなんて。むしろ、愛されたい……です」

恥ずかしさで尻つぼみになり、火照る顔を俯かせると、誠一さんはほっとした様子で「よかった」と言う。

「芽衣子を想ってひとりでするのはもう飽き飽きだ。じっくり愛させてもらうよ」

誠一さん、私がいない間ひとりでしていたんだ……って、妙な妄想をしちゃうから勘弁してほしい。

赤裸々な発言でますます顔を上げられなくなる私に、彼はおかしそうに笑っていた。

部屋に着くと、危ない物を片づけた広いリビングにお昼寝用の布団を敷く。誠一さんが抱っこしている間も恵茉はよく寝ていて、布団に下ろしてもぐっすりだ。

ゆっくりとはいかないけれど、夫婦ふたりだけの時間は取れそう。ちょっぴり照れつつ彼と顔を見合わせてクスッと笑うと、手を繋いで寝室へ向かった。

裸を見せ合うのももちろん二年ぶりで、なんだか初めての時みたいに緊張する。誠一さんと再会してからきちんとケアをするようなったけれど、恵茉を生んで体型は変わっているだろうし、単純に恥ずかしい。

求め合うキスを繰り返しながらベッドになだれ込み、服も下着も脱がされると、つい腕で胸を隠してしまう。

「どうしよう、ドキドキする……」

「俺も。芽衣子がすごく綺麗で色っぽいから」

誠一さんはやや瞳を細めて愛でるように私を見下ろし、腰から上へと身体のラインをなぞる。

背中に触れるひんやりしたシーツ、それに相反した熱い視線と手のひら、落ち着く肌の匂い。五感すべてで彼を感じ、身体の奥がもどかしく疼く感覚を思い出した。

あの頃と変わらず引き締まった肉体を露わにした彼は、耳にキスをして糖度高めな声で囁く。

「君の弱いところは全部覚えてる。変わっていないか、ひとつずつ確かめさせて」

私の手が優しくシーツに縫いつけられると、無防備になった胸の頂を口に含まれて甘い痺れが走った。触られていない身体の中心部までもがじんじんして、蜜が溢れてくる。

誠一さんは私の反応を窺うように時々目を合わせながら、本当に丁寧に愛撫をする。それがとてつもなく恥ずかしく、気持ちよくて、声を抑えなければいけないのにどうしても漏れてしまう。

そうしてたっぷり感度を高められた中に彼を迎え入れた瞬間、強い快感が全身を駆け巡る。

「あ、やっ、あぁ……っ！」

ほんの数回、ゆっくり奥を擦られただけで達してしまった。びくびくと身体を震わせる私に、誠一さんは悦に入った表情で「感じすぎ」と口角を上げる。

休む間もなく腰を打ちつけられるので、涙目になって無意識に首を横に振るも、彼は止めてくれそうにない。

「ダメ、誠一さ……待って」

「やめないよ。ずっと君を、こうやって抱き潰したかったんだから」

余裕の笑みの中に猛々しさをかいま見せる彼は、私の腰を浮かせてより深いところを突いてきた。思わず上ずった声をあげる私を、セクシーで挑発的な視線が捉える。

「本当は好きだろ、芽衣子も。ぐちゃぐちゃに愛されるの」

「んんっ」

ベッドでの誠一さんは、やっぱり少し意地悪だ。でもSっ気を感じさせる彼も、ゾクゾクする魅力があってたまらない。

彼の言う通り、容赦なく攻められるのもそれだけ求められているのだと実感できるから好き。だけど、それより……。

「誠一さんだから、好きなの。誠一さんじゃなきゃ嫌――んぅっ」

息を乱しながら夢中で訴えていると、唇を塞がれて呼吸が止まりそうになった。

濡れた音を立てて舌を絡ませ、つうっと糸を引いて唇が離されると、とても愛しそうな微笑みが目の前にある。

「君が独占欲を抱いてくれて嬉しい。俺も大好きだ、芽衣子」

甘い甘いシロップにどっぷり浸かって、溺れそうなほどの幸福に包まれる。彼をひとり占めできる優越感に浸りながら、彼の首に抱きついた。

時間の許す限り、お互いの愛を貪り合う。一時だけ母親であることを忘れて、彼に愛されるたったひとりの女になった。

航空王はすべてを守り抜く

経営がV字回復した日本アビエーションは、ハスミグループの中でも代表的な企業へとのし上がっていた。その結果を出した誠一さんは、グループの総帥を見据えて少しずつ準備を始めている。

そんな中、私たち家族も三人で暮らし始め、順調に二週間が経とうとしている。恵茉も新しい環境での生活に慣れてきたところだ。

私は専業主婦状態になって、これまでかなり慌ただしく余裕のない生活をしていたのだと実感した。恵茉と生きていくために必死で気づかなかったが、ひとりで家事と育児をこなし、仕事までするのはてんやわんやだったなと思う。

それはそれで充実していたけれど、忙しかった分、今は恵茉とゆったり過ごすお休み期間にしよう。

もうひとつ変わったのは、私が敬語を使わなくなったこと。輝さんにはくだけた調子で話しているのを見た誠一さんが、いじけてしまったから。

そんな彼も私にとっては可愛いのだけれど、いつまでも他人行儀な感じがするのも確かに嫌なので変えることにした。最初はぎこちなかったものの、ようやく慣れてきたところだ。

まだ五月中旬だというのに台風のような風が吹いている今日は、外には出ず恵茉のおままごと遊びに付き合っている。ひたすら彼女が汲んだお茶を飲むフリをしつつ、夕飯はさっぱりしたものがいいかなと考えていた時、スマホがピコンと音を立てた。

誠一さんから、【会社でトラブルがあった。今日は遅くなるから先に休んでいてくれ】というメッセージが届いている。ただ事ではなさそうだけれど大丈夫だろうか。

「今日はパパ遅いって。久しぶりにママとふたりの夜だね」

「ちゃちゃ、どーじょ」

恵茉に話しかけるも、彼女は我関せずといった調子でピンク色のコップを渡してくる。一心な娘にふふっと笑い、【了解です。頑張って】とメッセージを返した。

その日の夕方、夕飯を作っていた私は、ニュースで日本アビエーションという単語が聞こえてきたのでテレビに目をやる。そこには〝日本アビエーション機、着陸時に機体を損傷〟という赤いテロップが表示されていて息を呑んだ。

「トラブルって、もしかしてこれ……？」

手を止めて、羽田空港に飛行機が着陸する際の映像に注目する。当時は強風が吹いていて、それに煽られた機体が滑走路に接地する寸前で大きく揺れ、バウンドして着陸していた。

機体の一部に破損や変形があり、衝撃でCAさん二名が怪我を負ってしまったらしい。炎上するなど致命的な事態にはならなかったものの、航空事故に認定されるそうなので対応も大変だろう。

胸をざわめかせたまま夕飯もお風呂も済ませ、午後十一時頃にようやく誠一さんが帰ってきた。恵茉を起こさないよう声を控えめにして「ただいま」と微笑む彼だが、疲弊しているのは明らかだ。

「おかえりなさい。大変だったね」

「こんな時間なのに待っててくれたのか」

「ニュースで見て心配になっちゃって」

先に休んでいてと言ってくれたけれど、あのニュースを見た後では誠一さんと話をせずにはいられなかった。

苦笑混じりに「そうだよな」と頷いた彼は、気だるげにネクタイを緩めてソファに身体を沈める。

「CAのひとりは骨折だった。機体の損傷は軽いものだったが、一歩間違えば炎上して大破、なんて事態になっていたかもしれない。そんな大事故を起こすようなパイロットたちじゃないが、今回の件も見過ごせはしないな」

誠一さんの言う通り、大惨事になっていた可能性もあるのだから恐ろしい。どうしてあの事態になってしまったんだろうと考えつつ、私も隣に腰を下ろすと、彼がその答えを教えてくれる。

「あの強風の中、無理に降りようとしたパイロットの判断ミスじゃないかと、一部の報道で言われている。でも、機内には心肺停止状態の急病人がいて、一刻を争う状況だったたから着陸を試みたんだ。確かに通常だったらゴーアラウンドするところだが、判断が間違いだったとは一概に言えない」

そう聞いて納得した。危険な容態のお客様がいたら、なんとか早く病院へ搬送してあげたいと思うのが人の心理だろう。むしろ、その状況で着陸を強行して最小限の被害に留められたのは、きちんと訓練していたおかげなんじゃないだろうか。

「なるほど……。そういう事情ならパイロットの気持ちもわかるね」

「ああ。その急病人も一命は取り留めたが、もし着陸を断念して命を落としていたら、今度は逆に〝どうして早く降りなかったんだ〟って叩かれるんだろう」

「そうかも。究極の選択を迫られてる状況で出した機長の答えに、周りがとやかく言うべきじゃないのに」

まるでトロッコ問題のようだ。難しい顔をしてぼやくと、誠一さんはふっと頬を緩めて「芽衣子は理解があって助かるよ」と言い、優しく頭を撫でた。

「とにかく、うちの飛行機を利用するのを不安に思う人も多いだろうから、明日会見を開く。お客さんのためだけじゃなく、パイロットが悪人のようにされないためにも」

また偏った報道やネット記事が原因で、非難される人がいるのは嫌だ。自分と重ね合わせてそう強く思い、すがるように彼を見上げる。

「守ってあげてね」

「任せろ。こういう時に論破できるのも、元パイロットの強みだから」

口角を上げる彼の頼もしい言葉で、少し安堵する。とはいえ、これは会社の信用に関わる深刻な問題だ。世間が納得する形で収束できるといいのだけれど。

正解のない難しい問題であることの不安と、誠一さんならきっとなんとかしてくれるという期待が入り混じり、胸のざわめきはなかなか治まらなかった。

翌日、恵茉を連れて散歩がてら買い物に出かけた私は、日本アビエーションの本社のほうまで来てみた。

二年前、山中部長に『ここへはあんまり来ないでもらえるかな』と言われて以来まったく寄りつかなかったのだが、再婚してから一度だけ誠一さんの用事に付き合って訪れたことがある。

『大丈夫だから』という彼の言葉を信じてついていくと、当時の噂が嘘のように、社員の皆さんはまったく嫌な顔をせず迎えてくれた。というか、誠一さんのご機嫌を窺いつつものすごく丁重に接していた感じがする。

ああ、私に無礼があったら彼を怒らせてしまうんだろうな……となんとなく察し、誠一さんの怖さを知った一場面でもあった。私の知らないところで、本当にこれまでずっと守ってくれていたのだろう。

そんな彼が、今日の会見も無事乗り切れますようにと祈っていると、自然にここへ足が向いていたのだ。

少し離れたところから大きなビルを恵茉と一緒に見上げ、「ここにパパがいるんだよ」と話していた、その時。

「羽澄さん？」

突然名前を呼ばれたので、驚いて振り向く。そこにはクールビズな服装をした三十代くらいの、見覚えのあるひとりの男性が立っていた。

この人、どこかで……と記憶を辿ること十数秒、ふいに思い出して「あっ！」と声をあげた。

「えっと……清水さん⁉」

「おぉ、名前まで覚えていてくれたんですね。数年前に一回会っただけなのに」

「そちらこそ！」

黒縁眼鏡を押し上げてちょっと嬉しそうにしているこの人は、父の贈収賄疑惑があった時に私に会いに来た、記者の清水さんだ。なんでまたここに？

すぐにおかしいと感じ、恵茉を抱き上げて身構える私を見て、彼は軽く笑う。

「そんなに警戒しないでください。今日はほら、あなたの旦那様の会見を聞きに来ただけなので」

「あ……」

本社ビルを指差され、腑に落ちた。そうか、今日はいろいろなところから記者が集まるんだもの、会ってもおかしくないよね。

とりあえず自分に用がないとわかってほっとするも、ひと言伝えておきたい。

「あの、私が言うことじゃないんですけど……誰が悪いとか、責めるような記事はやめてくださいね。事実だけを書いてください」

「もちろんですよ。悪いことをしたわけじゃない人が嫌な思いをするような、飛ばし記事は絶対に書きません。僕のポリシーに反しますから」

すぐにそんな言葉が返ってきて、私は少し面食らった。あのネット記事を知っている上に、私の気持ちまで汲んでくれているようで。

清水さんは当時を思い返すように、目線を宙にさ迷わせて言う。

「あのネット記事、情報を流したのは、羽澄さんも以前住んでいた町でその日暮らしをしている男だったみたいですよ。そこで知ったあなたの情報を、お金欲しさに売ったとしても不思議じゃない」

それを聞き瞠目するも、思い当たる節はあった。あの町で暮らしていた時、近所の人と身の上話もしたから、私のことを聞かれて答えられる人はわりといたはず。お金に困っている人も多かったし、仕方なかったのかもしれない。

まさか二年も経ってからそんな事実を知るとは。驚いたけれど、今となってはどうでもいいことだ。

「もう過ぎたことですから。今はとにかく、この問題が落ち着いてほしいです」

「そうですね。せっかく持ち直した日本アビエーションの評判や株価も、今日の社長の対応によって変動するでしょうから。パイロットのひとりは女性だって話だから、余計注目されそうですし」

「女性……」

やはりこういった問題は株価にも影響するらしいので会社の今後も心配だが、パイロットについても気になる。昨日、誠一さんはそこまで話さなかったけれど、女性のパイロットといったら妃さんしか思い浮かばない。

妃さんとは数カ月会っておらず、輝さんとの電話で『なんとなく最近、千尋ちゃん元気なくてさ』と話に出てきたくらい。どうしたんだろうと、少し気になっていた。

もし今回のフライトに彼女も乗務していたとしたら、事故が追い打ちとなって精神的に追い詰められていないか心配になる。

黙考していると、清水さんが興味深げに私の顔を覗き込んでくる。

「あ、気になります？　旦那さんが他の女性を守るってなったら嫉妬――」

「しません。むしろ守るような人じゃなきゃ嫌です」

即座にきっぱり返すと、彼は「ははは、確かに」と無邪気に笑った。

とはいえ、以前の自分だったら嫉妬していたかもしれない。今そんな気持ちにならないのは、誠一さんからの愛情をしっかり受け止められているからなのだろう。

心に余裕があるとこんなに違うものなんだなと感じていると、清水さんが明るい口調で言う。

「まあ羽澄社長なら、諸々の問題もプラスに変えてしまいそうですね。社長に就任した時から、この人はただ者じゃないと思ってましたから」

前向きな言葉をくれる彼に、私も自然に笑みがこぼれた。誠一さんならきっとどんな困難も乗り越えられると、信じて見守っていよう。


会見は午後二時から行われる予定で、ネットのライブ配信で視聴できる。それまでに用事を済ませ、リビングで恵茉を遊ばせながら私はそばに座ってスマホで見ている。

時間になり、重役の方と誠一さんが会場に現れた。凛々しい姿でまず名前を名乗る彼を、私は緊張しながら見つめる。

《このたび、羽田空港において着陸の際に起きた事故で、負傷した客室乗務員ならびに乗客の皆様へ、多大なご迷惑とご心配をおかけしたことを心からお詫び申し上げます》

謝罪を述べて深く一礼する彼に、カシャカシャとカメラを切る音が響いた。その後、席について今回の事故の経緯を詳しく説明する。

滑走路付近で強い下降気流が起きたことや、心肺停止状態になったお客様がいたこと。すべてを包み隠さず話して質疑応答に移ると、風はどの程度予測できていたのか、管制からの指示はどうだったかなどの質問が飛び交う。誠一さんはどれも冷静に淀みなく答えている。

《傷病者は、心肺停止となってからどのくらいの時間が経っていたのでしょうか？処置は適切に行われましたか？》

《客室乗務員がＡＥＤで心肺蘇生を始めてから、すでに二十分は経過していました。あの時ゴーアラウンドをしていたらさらに少なくとも十分以上かかり、救命の可能性は下がっていたと考えられます。お客様が一命を取り留めたのは、パイロットの判断のおかげだと思っています》

彼の言葉に、会場内がほんの少しざわめいた。想像以上に一刻を争う状況だったとわかったせいか、それともパイロットを擁護したせいだろうか。

その直後、また別の記者が手を挙げ、やや刺々しい口調で話し出す。

《急病人がいたからとはいえ、百数十人の乗客を危険にさらしていいわけではありませんよね。大惨事になる可能性もあったのに着陸を強行したのは、正しい判断だったと言えるんでしょうか？》

核心となる質問を投げかけられ、こちらのほうがハラハラしてしまう。どう答えるのかと注目が集まる中、誠一さんはわずかに思案してから口を開く。
《おっしゃる通り、当然乗客を危険にさらしていいはずがありません。今回のような悪天候下でも安全に着陸する訓練をパイロットは何度もしていますし、今回も操縦のミスはなかったと考えています。ただ、急病人を少しでも早く病院へ搬送したいという思いからハードな着陸となってしまった。今後はこのような場合の訓練をさらに強化していく所存です》
毅然とした口調で丁寧に説明した彼は、《ですが》と言葉を続ける。
《どのパイロットも、その時の状況であらゆる方法を瞬時に判断しています。今回ダウンバーストに遭遇した状況で、それにかけられる時間はほんの数秒だったはずです。猶予のない中、すべてのお客様を無事に送り届けたいという思いから機長と副操縦士がした決断を、私には責めることはできません》
パイロットの経験がある彼の言葉はとても説得力があり、空の上での緊迫感が伝わってきて、会場はそれを聞き入りしんと静まり返っていた。今回の事故は本当にパイロットが悪いのだろうかと、各々が考えさせられているかのように。
誠一さんの正直な思いは、皆に届いただろうか。誰かを責めるような人がいるとしたら気持ちが変わってほしいなと願っていると、いつの間にか恵茉がスマホの映像を眺めていた。

「ぱぱぁ……?」

じっと見つめる彼女の口からその単語が初めてこぼれ、私は目を丸くする。

これまでいくら教えても呼べなかったのに……！　しかも映像を見て誠一さんだとわかったのもすごい。大きな喜びが湧いてきて、小さな身体を抱きしめた。

「そう！　そうだよ、恵茉。パパはね、今皆に自分の思いを伝えようとして頑張ってるの」

「パパ、がーばー」

スマホに手を振って応援しているらしい娘が可愛すぎて、抱きしめる力を強めてしまう。誠一さんにも見せてあげたかった。

でも、恵茉はしっかり見ているよ。元パイロットとして、社長として、社員もお客様も大事にする思いやりに溢れたあなたの姿を。

その後も質疑応答は続いたが、最後まで堂々と受け答えする誠一さんを、どこか誇らしい気持ちで恵茉と一緒に見守っていた。

会見の様子はその後ニュースでも流され、誠一さんの意見に共感する声が多くてほっとした。日本アビエーション機の利用を敬遠される懸念もあったものの、会見での誠実な対応も好印象だったようで、経営にも大きな影響はなさそうだ。

事故から一週間経った今も気がかりなのは、妃さんのメンタル。事故やインシデントの後は規定でフライトができないため、結構な頻度で実家に帰ってきては輝さんのお店に入り浸っているらしい。

『事故がだいぶショックだったんだろうが、それ以外にも悶々としてることがあるみたいなんだよ。ちょっと話聞いてやってもらえねぇかな』と連絡をもらったので、お昼を食べがてら会いに行くことにした。

落ち着いて話をするには、恵茉を見ていてもらわないといけない。仕事中の輝さんに任せるのは悪いので郁代さんに相談すると、『平日休みなら昼間は子供も学校でいないし、ランチもしたいからいいよ！』と喜んで快諾してくれた。

しかも車まで出してくれるという。世話焼きかつドライブ好きな郁代さんに感謝して、恵茉と一緒に相乗りさせてもらった。

お好み焼き屋が開店する午前十一時半に着き、中へ入るとすでにカウンターに座っている人がいる。大きめのTシャツに細身のジーンズを合わせた、ラフな格好の妃さんだ。

なにげなくこちらを振り返った彼女が、大きく目を見開いた。彼女と話をしていた輝さんも、私たちを見てぱっと顔を輝かせる。

「お〜芽衣子、恵茉！　久しぶり……って秋谷郁代も一緒かよ」

ふたりだけじゃないとわかった途端、あからさまに嫌そうな顔をする輝さんに、郁代さんは「あぁん？」としかめっ面になる。

「毎回フルネームで呼ぶな。今日は私が子守り担当なの。なんか問題ある？」

「お前、ちょっと俺とキャラ被ってんだよ！」

「関係ねーし！」

相変わらず犬猿の仲で、学生みたいなふたりを見て呑気に笑っていると、妃さんが気まずそうに輝さんを見上げて言う。

「……輝さん、今日私を呼んだのは芽衣子さんが来るからだったんですね？」

「バレたか。だって千尋ちゃん、話したいことあんだろ？　俺がきっかけ作ってやろうと思ってさ」

輝さんがしたり顔で口角を上げ、妃さんは肯定するように苦笑を漏らした。

今日は彼が妃さんを呼んだらしい。彼女のことをよく理解しているんだなと感心していると、郁代さんが「恵茉ちゃん、こっちで一緒に遊ぼ」と声をかける。彼女に懐いている恵茉は、喜んでお座敷の席へと向かっていった。

気を利かせてくれる郁代さんと、なんやかんや言いながらふたりのために自らお好み焼きを焼こうとする輝さんに感謝して、私は妃さんの隣に腰を下ろした。

「妃さん、お久しぶりです。……どうされてるかなって、心配してました」

「今はフライトできないんで、本社で地上勤務したり、こうやって実家に帰っては真っ昼間から飲んだくれたりしてます」

ビールのグラスを軽く持ち上げてみせる妃さん。ちょっとやさぐれたイケメン、という雰囲気を醸し出していて苦笑してしまった。

彼女はおもむろにグラスを置くと、私のほうに身体を向けてがばっと頭を下げる。

「芽衣子さん、本当にすみませんでした。私が『羽澄さんはもう新しい道に進んでいる』なんて言ったから、ずっと連絡できなかったのかもと思って……」

「ああ、いいんですよ。元々私から連絡する気はなかったんで」

「いや、実は謝りたいのはそれだけじゃなくて。二年前の私は、羽澄さんに愛されてるあなたに嫉妬していて、陰口叩かれてるのを見て見ぬふりしたんです」

彼女が伏し目がちに、申し訳なさそうに打ち明けたので、私はやや瞠目した。

「もしかして、やっぱり妃さんも誠一さんを……？」

あの頃の推測は正しかったんだろうかと探るように見つめると、妃さんは苦笑を漏らして再びカウンターに身体を向ける。

「当時は、淡い恋心程度に思ってたんですけどね。彼がずっと一途に芽衣子さんを想っていたんだとわかったら、なんかこう、じわじわと胸が痛くなってきて。今さらながら大失恋したような感じがしました」

口調は明るく、軽く笑い飛ばしているものの、やっぱりどこか切なげだ。きっと自分でも気づいていないうちに恋をしていたんだろう。少し申し訳ない気持ちになる。

「そのせいもあってか、フライトの時でさえ上の空になっていたと自覚しています。結果、今回みたいな事故を……」

カウンターの上でぐっと手を握る彼女の表情はとても苦しそうで、自責の念に囚われているのがわかる。

「私も機長も着陸する判断をしましたけど、もし注意散漫な最近の自分が操縦していたら、絶対あれだけの被害では済まなかった。私が大惨事を起こしていた可能性もあると思うと、手が震えるんです。あれだけ好きな仕事だったのに、今は……操縦するのが怖い」

妃さんの悲痛な気持ちが伝わってきて、私も胸が痛くなった。

誠一さんの会見を聞いて、パイロットがどれだけ緊張感を持って一回一回フライトを行っているのかを知ったから、少しの気の緩みが取り返しのつかない事態に繋がってしまうのだとわかる。妃さんが自分を責めてしまうほど、今回の事故は怖いものだったのだろう。

彼女はため息をついてカウンターの上で腕を組み、顎を乗せて力なく呟く。

「羽澄さんはもちろん、皆に合わせる顔がなくて、時々消えたくなります。芽衣子さんが離婚を選んだ気持ちもわかりました。大切な人に迷惑をかけるって、ものすごくつらいですね……」

……ああ、そうか。今の妃さんはあの頃の私と似たような心境なのだ。自分がいてはいけないのだと、過剰な罪悪感に囚われてしまっている。

それは結局自分を不幸にするだけで、大切な人や場所を自ら遠ざけてしまうのは愚かなことだとわかったから、彼女にはそうならないでほしい。

「今になってみると、彼のもとから離れたのは間違いだったと思います。それで幸せになる人はいない。だから妃さんは、パイロットとして飛行機に乗ることから逃げたらダメです」

力強く声をかけると、妃さんはぴくりと反応して顔を上げた。どこか不安げにこちらを見上げる彼女に、ふわりと微笑みかける。

「誠一さんは確かに今回もいろんな対応に追われてましたけど、それを迷惑だとは感じない人ですよ。会見で妃さんたちを守っていたのも、会社のためっていうより、ただ自分がそうしたいって気持ちが強かったんじゃないかと思うんです」

二年前もそう。私は迷惑でしかないと思っていたけれど、誠一さんはまったく違っていた。彼は自分の信念に従って突き進む、強い人。

妃さんは神妙な面持ちになり、思いを巡らせている。操縦する恐怖心も取っ払ってあげられないものか……と私も考えてみて、ふとひらめいた。

お座敷のほうを振り向き、輝さんが生地を焼くのを恵茉と一緒に見ている郁代さんに声をかける。

「郁代さん、すっごいワガママなお願いがあるんですけど聞いてもらえませんか？今度、幻の銘酒をプレゼントしますから」

切実に頼み込む私に、キョトンとしている彼女。輝さんはなぜかじろりと見下ろして圧をかける。

「聞かなかったら、これから倍の値段取ってやる」

「あんたに言われなくても、可愛い芽衣子ちゃんのためならひと肌脱いでやるわよ！」

売り言葉に買い言葉で承諾してくれたような気もするけれど、甘えさせてもらうことにして「ありがとうございます！」と頭を下げた。そして妃さんに向き直り、含みのある笑みを浮かべる。

「妃さんも、この後ちょっと付き合ってください。飛行機を操縦しに行きましょう」

そんな提案をされるとは予想もしなかったのだろう。彼女は数回瞬きをして、「はっ⁉」とすっとんきょうな声をあげた。

お好み焼きをいただいた後、郁代さんの車に妃さんも乗せてもらい、家に帰る前に羽田空港へ向かった。目的はここのターミナルビル内にあるフライトシミュレーター。誰でも飛行機の操縦を体験できるアミューズメント施設だ。

大人から子供、マニアックな航空ファンまで楽しめるが、プロのパイロットが訓練しに来ることもあるという。飛行ルートや気象情報も思い通りに設定してもらえて、操作も本物同様の本格的なシミュレーターらしい。

以前、郁代さんが息子さんたちを連れてきたというのを思い出し、私が妃さんと乗ってみたらどうかと考えた。本物ではないから彼女も怖くはないだろうし、私が操縦するのを見ていれば自然にまた自分でもやりたくなるのではないかと。

郁代さんには本当に申し訳ないけれど、もう一度恵茉の面倒を見ていてもらう。ここでもやっぱり彼女は『帰るついでだし、恵茉ちゃんと一緒にショップ見てるから全然オッケー』と快く承諾してくれた。ありがたすぎる。

お礼は倍返しにしようと思いながら、来るまでに予約しておいた機体に妃さんと乗り込む。彼女はここに来るのは初めてらしく、「会社の訓練用のシミュレーターとほぼ同じだ」と興味深げにコックピットを見回していた。

私が機長の席に、妃さんが副操縦士の席に座ったところで、あまり表情の浮かない彼女に遠慮なく言う。

「じゃあ私がやりますから、妃さん教えてください。私、機械オンチなので覚悟してくださいね」

「はい……」

「大丈夫です、本当に飛んでるわけじゃありませんから！」

私もこんな体験は初めてで緊張しているけれど、それを見せたらここに来た意味がない。お気楽な調子で笑い飛ばし、注意事項と最初のやり方だけスタッフの方に教えてもらってテイクオフした。

地上の景色がどんどん後ろに流れ、遠くに地平線が見えてくる感覚は本物のフライトさながら。モニターの映像と音だけでもかなりの臨場感があり、感嘆の声をあげた。始めはわりと順調で、本当に飛んでいるような景色に感動しつつ体験を楽しむ。十五分の短い初心者コースにしたので、あっという間に空港に戻ってきた。

ところが、着陸体勢に入らなければいけないのになぜかどんどん斜めになってきている。いつの間にか真剣な面持ちになっている妃さんが、前方の計器を指差す。

「芽衣子さん、機体が傾いてきてるので、この表示が水平になるようにもう少し操縦桿を……あー、戻しすぎです！」

「えっ⁉」

「上昇もしないと。フラップを1にして、ランディングギアをアップに」

「無理無理無理無理！」

機体がすごい角度に傾き、しかも滑走路が近づいてくるので指示を聞いている余裕がない。ものの数秒で英語の警報音が鳴り響き、このままじゃ機体が一回転しそうなほどの状態になってしまった。

パニック状態で「ぃやあぁぁ～」という情けない叫び声をあげるも、シミュレーターはちゃんと墜落しないようになっている。私の代わりに妃さんができる操作はしてくれて、はちゃめちゃな着陸となった。

機体が止まっても、私は操縦桿を握ったまま放心状態になる。これ、実際のフライトより怖かったのでは……妃さんにとっては逆効果だった?

「パ、パイロットって本当にすごいですね……こんなわけのわからない操作を毎日何回も……」

「くっ」

呆然としたまま呟いていると、隣で妃さんが噴き出した。肩を揺らしていた彼女は、意外にもあははっと声を出して笑い始める。

「やばい、旅客機で背面飛行しそうになってましたよ。芽衣子さん、面白い」

「おも、しろ……ならよかったです。私は自分のセンスのなさに結構ヘコんでますけどね」

なかなかにスリリングだったので口の端を引きつらせるも、妃さんが怖がっていなくてよかった。彼女につられて笑いかけた時、コックピットの入り口のほうから声が聞こえてくる。

「さらにトラウマを植えつけたらどうしようかと思ったが、心配いらなかったみたいだな」

穏やかで落ち着く声の主は、すぐに誰かわかった。妃さんと一緒にここへ来ると、先ほど連絡しておいたから。

振り返ると、恵茉を抱っこした誠一さんがこちらを覗いて笑みを浮かべている。どうやら郁代さんから子守りをバトンタッチしていたらしい。

彼を見るだけで安堵する。しかし私とは反対に、妃さんは目を見開いて「は、羽澄さん⁉」と叫び、思わず立ち上がりそうなほど驚いていた。

一旦コックピットの外へ出て、誠一さんと話をする。

「誠一さん、もう仕事終わったの？」

「ああ、早く切り上げられた。お子さんの学校も終わってるだろうから、郁代さんには礼を言って先に帰ってもらったよ」

私に恵茉を託した誠一さんは、気まずそうに肩をすくめている妃さんに向き直り、声をかける。

「スタッフに話はしておいた。もう一回やるぞ」

「えっ……」

困惑気味に目線を上げる彼女に、誠一さんは頼もしい表情で告げる。

「今度は妃が機長席に座れ。俺が補助をする。ブランクはあるが、指導くらいできるからな」

妃さんの表情が一気に緊張したものに変わり、私のほうまでドキドキしてきた。誠一さんが直々に訓練するなんて、彼女も想像すらしなかっただろう。

コックピットにふたりが座り、私はその後ろで恵茉と一緒に見学させてもらう。恵茉が音に怖がらないか心配だったものの逆に興味津々で、本物の飛行機に乗る時も心配いらなそうだなと感心した。

再び離陸が始まり、実際のフライトさながらのやり取りをするふたりに、私はちょっぴり興奮してしまう。コックピットではこんなかけ声をしているんだなと勉強になるし、ものすごく貴重な体験だ。

そうして私の時とは比べものにならない、とっても快適なフライトをして空港に戻ってきた。もうすぐ着陸体勢に入る頃、誠一さんが口を開く。

「あの時とほぼ同じ状況の、ダウンバーストが起こる設定にしてもらった。ゴーアラウンドか、ランディングか、妃が決めろ」

コックピット内に緊張が走る。着陸をもう一度やり直すか、このまま続行するか決めろということらしい。

妃さんは悩んでいるようで、操縦桿を握ったまま唇を結んでいる。計器もかなり揺れていて安定していない。

「怖いんだろう。それでいいんだ」

「え……？」

意外な誠一さんの言葉に、妃さんは一瞬隣を振り向いた。彼は外の様子と計器から目を逸らさずに言う。

「怖いからあらゆる可能性を考えて対処できる。自分ならできると過信していると、いつか取り返しのつかない事故を起こしてしまうかもしれない。人の命を預かる仕事は、緊張感をなくしたらいけないんだよ」

恐れる気持ちはそのままでいいという助言に、妃さんがはっとさせられているように感じた。

ものの数秒で滑走路がしっかり見えてきて、誠一さんは「ミニマム」とコールする。妃さんの横顔が覚悟を決めたものに変わり、レバーをぐっと握る。

「このまま続けます。ランディング」

「了解」

着陸すると決めた彼女は、慎重にスピードを下げていく。下降気流のせいか一気に高度が下がりひやっとする場面もあったが、彼女は冷静に操縦していた。

揺れる機体はなんとか水平を保とうとする。ギアが滑走路に設置する寸前に少しだけ機首を上げ、ドシンという音もさせずにスムーズに着陸した。

滑走路を滑らかに進み、肩の力を抜いて大きく息を吐く妃さんに、誠一さんが満足げに「ナイスランディング」と声をかける。やっと表情をほころばせた彼女を見て、私も安堵して笑みがこぼれた。

ターミナルのフロアに戻ってからも、妃さんは誠一さんに感謝して深々と頭を下げる。私に向き直る彼女は、とてもすっきりとした表情になっている。

「芽衣子さんも、ありがとうございました。あなたのおかげで、やっぱり私は飛行機が好きだって再確認できました」

「いいえ！　私もいい経験になりました」

背面飛行しそうになったのを思い返して苦笑いするも、貴重な体験ができたし、なにより妃さんに笑顔が戻ったので来てよかった。

輝さんにも報告しなきゃ、と思うと同時に、さっき彼が口にしたなにげないひと言を思い出す。

「そういえば輝さんが、『パイロット辞めたくなったら俺がもらってやる』って言ってましたよ。お店を手伝ってほしいんでしょうけど、なんかプロポーズみたいで……」

笑っちゃった、と続けようとしたものの、妃さんの頬がみるみる赤くなっていくので口をつぐんだ。
あれ……もしかしてまんざらでもない？　輝さんはずっと妃さんの相談に乗ってい
たみたいだし、距離がぐっと縮まっていても不思議じゃないか。
ガサツだけど熱血な輝さんと、クールで真面目な妃さん。性格は正反対だけれど、
お互いに足りない部分を補い合えたら意外とお似合いなカップルになるかも。なんて、
勝手に妄想してニヤけてしまう。
口元に締まりがなくなる私と目が合い、はっとした妃さんはぶんぶんと首を横に振
る。「いやいやいや、辞めません！」と完全否定していた。
そして気持ちを落ち着けるようにひとつ息を吐き、背筋を伸ばして私と誠一さんに
凛とした笑みを向ける。
「羽澄キャプテンのアドバイス、しっかり胸に刻みました。あの事故から逃げずに、
いつか一人前の機長になります」
そう宣言する彼女に、誠一さんも安堵の笑みを返して頷いた。
恵茉にもバイバイして去っていく彼女を見送り、私たちも歩き出す。誠一さんの片
腕には恵茉が抱き上げられ、もう片方の手は私と繋がっている。
「いい顔になったな、妃」

「うん。きっともう心配いらないね」

「本当に芽衣子のおかげだよ。人のためにここまでしてあげられるのは君のすごいところで、出会った時から尊敬しているし、大好きなところだ」

誠一さんは褒めすぎだけれど、どうにも嬉しくなってしまう。

人を思いやる心はこれからも大事にしていきたい。ただ、私の中で以前とは変わった部分もある。

「でも、誰かに誠一さんが欲しいと言われても、絶対にあげません。あなたは私のものだから」

彼の腕にぴたりと寄り添い、遠慮せず独占欲を露わにする。誠一さんはちょっぴり目を丸くして私を見下ろし、嬉しそうに微笑んだ。

するとと私たちを見ていた恵茉が、誠一さんの首にぎゅっと抱きつく。

「パパ、ほしーぃ」

まるでおねだりするような娘に、私たちは驚いて目を見合わせ、すぐにまた笑顔になった。恵茉もこんなに誠一さんを好きになったなんて、すごく嬉しい。娘と取り合いになるのは複雑だけれど。

「恵茉に言われると困るなぁ」

「大丈夫。ふたりとも、目一杯愛してやる」

自信たっぷりな旦那様に、私も恵茉みたいに抱きつきたくなった。家に帰ったら遠慮なくぎゅっとさせてもらおう。

夕暮れの中、飛び立っていく飛行機を眺めながら、三人で楽しく帰途についた。

# 契約婚の、その前に

寒さが厳しくなってきた十二月の中旬、ニュースで今年はふたご座流星群が絶好の条件で見られると大きく報道されている。

日本アビエーションでもこれにあやかって、国際線のナイトフライト時に天体観測をする〝星空フライト〟というものを企画してみた。機内で星の説明をしたり、記念グッズがもらえたりするイベントだ。

飛行機に乗っていると下の景色を見てしまいがちだが、さらに高い位置にある星空もとても綺麗で、普通の日でも時々流れ星が見えることがある。この機会にそれを堪能してほしいとの思いで開催したのだが、予想以上に人気で予約はすぐに埋まった。

約半年前のトラブルでどうなるだろうかと若干心配ではあったものの、その後も影響はなくほっとしている。

以前は自分が担当するフライトで乗客を喜ばせたいと思っていたが、社長としてのやりがいに目覚めた今となっては、こういう立ち位置も悪くない。

昼休みに本社内のカフェにコーヒーを買いに行くと、スーツ姿の天澤と遭遇した。

挨拶をし合い、一緒に少し休憩していくことにする。

「今日、天澤はフライトじゃないのか」

「ええ、こういう時に限って。空から見たかったですけどね、流星群」

コックピットから見る絶景は他では味わえないので、天澤の気持ちもよくわかる。が、誰と見るかというのも大事だ。

「地上から家族と楽しく見るのもたまらないぞ」

「微妙にマウント取りましたね」

口の端を引きつらせてカップを口に運ぶ彼に、俺はしたり顔で笑った。

天澤は少し真面目な面持ちになって問いかけてくる。

「もうパイロットに戻る気は一切ないんですか？　そうでなくても、いつか教官になるとか。妃から聞きましたよ、特別訓練をしてもらったって」

「今はそういう道は考えてない。けど、家族の専属パイロットになりたいなとは思ってるよ」

「専属パイロット……って、まさか」

意味を察したらしい彼に、得意げに口角を上げて頷く。

「プライベートジェット。気軽に遠いところまで旅行できるだろ」

空には渋滞がないから、車よりずっと早く移動できる。芽衣子と恵茉にたくさん楽しい体験をさせてやりたいし、自分の操縦したい欲も満たせる、いい方法だろう。

実はすでに購入済みで、空港の格納庫に保管している。まだ芽衣子たちを乗せたことはなく、そもそもプライベートジェットを持っていることすら言っていないので、打ち明けたらまた相当驚くに違いない。天澤もやや呆れ気味に唸っている。

「さすが航空王はやることが違う……」

「その呼び方禁止」

すぐさま反応すると、彼はおかしそうに笑った。そして、なんとなく改まった調子で口を開く。

「インシデントが起こった時、パイロットを守ってくれた羽澄さんは、俺たちにとっては王っていうよりヒーローでしたよ。いつか総帥になってもそのままでいてください。俺もあなたを見習わせてもらいます」

凛とした笑みを湛える天澤の言葉は、俺に自信を与えてくれる。

やはり思いやりを持って社員に接すれば、巡り巡って利用客のためになるんだろう。芽衣子が教えてくれたように。天澤のような社員が多く育つ会社にしていくことが、俺の目標のひとつだ。

「ありがとう。そんなふうに言ってくれてすごく嬉しいんだが、俺を見習って契約婚までするなよ」

照れ隠しもあるが、本当にそう思っているので忠告しておいた。愛する人とは普通に結婚するのが一番だと、身をもって感じたから。

ところが天澤は、一瞬キョトンとした後、顎に手を当ててなにやら考え出す。

「契約婚か……。いいかもしれませんね」

「おい」

俺の意に反し、乗り気な言葉が返ってくるので咄嗟にツッコんだ。彼は意味ありげに口角を上げ、「じゃあ、また」と軽く頭を下げて去っていく。

今のは冗談なのか本気なのか。恋愛に関しては食えない男だなと、呆れ混じりの笑いがこぼれた。

その日の夜、防寒対策をしっかりして、星がよく見えるスポットとして有名な都内の公園にやってきた。恵茉も「ながれぼし、みたい！」とねだっていたから。

子供は寒さなど関係ないらしく、恵茉は手袋とマフラーをしたもこもこの姿で、同じくらいの歳の子と芝生の上を走り回っている。流星群は午後九時頃から見える数が増え始めるので、今日は特別に夜更かしだ。

俺たち大人は持参した折り畳みの椅子に座り、温かいコーヒーを飲みながら子供たちがはしゃぐのを眺めている。

「一年後には梨衣子の子供と一緒に遊べるね。恵茉も喜びそう」

「そうだな」

嬉しそうに芽衣子が話すのは、マタニティライフを楽しんでいる梨衣子さんのこと。彼女は妊娠五カ月で、安定期のうちに芽衣子や日本の友達と会っておきたいと、ついこの間まで帰国していたのだ。

お腹が少し目立ち始めた姿を見て、そういえば俺は芽衣子の妊婦姿を見ていないんだよなと、少々切なくなった。ふたり目は絶対にサポートすると心に決めていて、今は避妊せず自然に任せている。

その日が来るのを密かに楽しみにする俺に、彼女は「あ、ねえ」となにかを思い出したように話しかけてくる。

「最近、妃さんと会った？　ちょっと悩んでそうだったから」

「いや、会ってない。なにかあったのか？」

また仕事のことで問題があったのだろうかと心配になったのもつかの間、芽衣子がニヤけながら少し顔を寄せてくる。

「輝さんと話してると動悸がするんだって。どこかおかしいのかな……って真面目に心配してたから、『それはときめいてドキドキしてるんだと思いますよ』って言っておいた」

予想とはまったく別の問題だったらしく、俺はぷっと噴き出した。

そうか、妃は輝明さんに惹かれ始めたか。前からあれこれ相談していたようだし、恋に落ちても不思議じゃないな。

芽衣子も「輝さんも無意識に妃さんのこと気にかけてるし、うまくいくといいな」と嬉しそうにしている。同時に自分たちのなれそめも蘇ってきたのか、懐かしむような目をして呟く。

「初めて会ったあの日、誠一さんが靴を拾っていなかったら、今の幸せはなかったのかな」

確かに、シンデレラさながらの出来事があったから、その後も話をしてまた会うことができた。あれは運命的だったが、芽衣子と出会えたこと自体が奇跡だと思う。

「俺たちはいずれこうなっていたんじゃないかって気がするよ。俺が愛せるのは芽衣子しかいないんだから」

自信たっぷりに言うと、彼女は照れたように笑った。ああ、いつまでも愛しくて仕方ない。

俺も芽衣子と初めて会った時を思い返してみる。あの瞬間、なぜか懐かしい感覚がしたんだよな。ひと目惚れかとも思ったが、それとはまた違うような、なんとも説明しがたい感覚だった。

とりあえず、初対面の芽衣子もとびきり可愛かったな……と内心のろけていると、恵茉が「あっ!」と声をあげた。

「ながれぼし! いま、ひゅーって!」

「え、ほんと?」

空を指差す恵茉に芽衣子が目を丸くすると、周りの子供たちも「ぼくもみえた!」「どこー!?」などと騒ぎ始める。

ふたご座流星群は、その名の通りふたご座の近くに出現する。それより見つけやすいのは隣に位置しているオリオン座と、冬の大三角形だ。子供たちのそばに行き「あの辺りを見ててごらん」と指差して特徴を教えると、皆同じ方向を見上げて目を輝かせていた。

子供たちの可愛さに癒されて芽衣子のもとに戻ると、彼女も空を見上げている。

「私、流れ星に自分の願い事をしたくなったのは、誠一さんと別れようと思った時が初めてだったかも。本当はずっとそばにいたいって、あまのじゃくみたいにね」

「俺も、あの時ばかりは星にでも神様にでも願いたくなったよ。〝芽衣子を幸せにさせてくれ〟って」

「嘘、誠一さんも？」

子供みたいだと思ったのか、芽衣子はクスクスと笑った。はしゃぐ子供たちに目線を移し、微笑ましげに眺めながら言う。

「なんで流れ星に願い事をするのか、誠一さんは知ってるかな。私はお母さんたちと星を見た時に知ったの。あの時来たのもこの公園だったっけ」

「来たことあったのか」

「うん。お母さんが、お金をかけないで楽しめるからって」

「さすが芽衣子のお母さん、堅実的」

ふたりで和やかに笑い、俺たちも夜空に目線を上げる。都内と思えないほど美しい星空を見上げながら、芽衣子は当時のことを懐かしそうに話し始める。

「あれはもう二十年くらい前なんだけど、しし座流星群が大量に現れるって話題になった年、覚えてる？」

「ああ、同じ時に俺も見たよ。あれはすごかった」

「ものすごいたくさん見られたよね。星が降ってくる！って、梨衣子とはしゃいでた」

三十三年に一度と言われる大出現の年で、数十秒に一個流れ星が見られるくらいだった。俺は中学生で、父に頼んで連れてきてもらったのだ。芽衣子と同じように、隣で小学生くらいの女の子がはしゃいでいたのも覚えている。

「まあ、梨衣子は今の恵茉みたいにしばらくして他の子と遊び始めたんだけど、私はお母さんと『なんで流れ星に願い事するのかなー』って話してて。そうしたら隣にいた男の子が教えてくれたの。なぜかそこだけ鮮明に覚えてる」

そこまで聞いた俺は目を見開き、肌が粟立つ感覚を覚えた。恐怖ではなく、例えようのない感動で。

……俺も、鮮明に覚えている。暗くて女の子の顔まではよくわからなかったが、会話は印象的だったのだ。

「天国にいる神様が地上の様子を確認するために、時々天国のドームを開けるから、その間は神様に声が届くんだって。流れ星は――」

「『その時にこぼれ落ちた、天国の光のかけらなんだよ』」

俺が約二十年前とまったく同じ言葉を紡いだのが不思議だったのか、芽衣子はキョトンとした。

　流れ星が見え始めたらしく、騒いでいる子供たちの声がどこか遠くに聞こえる。星には目もくれず、俺は彼女だけを視界に映す。

「隣の女の子は、『なんでそんなに詳しいの？』って聞いてきて。俺がパイロットになりたいからいろいろ勉強してるって話したら、その子が言ったんだ。『じゃあ、パイロットになれるように願っておくね』って」

　自分では忘れているのだろう、芽衣子はみるみる大きく目を開いた。その冷えた頬に、自然に手を伸ばす。

「君はあの頃から、人のことを思う素敵な子だったんだな」

　こんなに綺麗な心に触れたのは、バンクーバーで出会うよりもっとずっと前……星が降るあの夜が初めてだったのだ。その瞬間に、俺は無意識に願ったのかもしれない。

〝また君に会いたい〟と。

　それが叶って再会したとしたら、まさに奇跡だ。出会うべくして出会ったのだと思わずにはいられない。

　芽衣子も言葉にならない様子で、ただ瞳を揺らしている。愛しくてたまらず頭を引き寄せて額にキスをすると、彼女も満面の笑顔になった。

「こんなことってある……⁉　また会えて、本当によかった」

心から感激した声を紡ぐ彼女を、胸に引き寄せる。

再会できたのはまさに運命だ。だが願いは祈るだけでは叶わないと、大人になった俺たちは知っている。実現するために試行錯誤して、自分の手で掴まなければ。

君との幸せもなくさないように、ずっと抱きしめて、いつまでも伝え続けよう。

「世界で一番、愛してる」

「私も」

冗談でも大袈裟でもない宣言をして笑い合い、皆が流れ星に夢中になっている隙に、どちらからともなく唇を寄せた。

奇跡の連続のようなこの人生は、君たちと一緒ならいつまでも光り輝くだろう。

End

# あとがき

本作をお読みくださった皆様、ありがとうございます！　葉月りゅうです。

光栄なことに、再びシリーズ企画に参加させていただきました。「ヒーローは元パイロットの社長」というお題をいただいた時、いくらと大トロがてんこ盛りの海鮮丼みたいだな……と思いましたが（笑）、その贅沢な設定はまさに夢があって考えるのも楽しかったです。

せっかくなのでパイロットとしてのカッコよさと、社長としての頼もしさを両方入れ込もうと思い、欲張りに書いてみました。一冊で二度美味しい！

そんな今回は、一部書店で配布の特典のペーパーと電子書籍版でしか番外編を読むことができません。読めない方のために、その後の話を少しネタバレしますと……（強制的）。

まず、輝さんと妃さんはめでたく恋人同士になっています。性格はだいぶ違いますが、意外とお似合いなんじゃないかなと。芽衣子たちにはふたり目の男の子が生まれ、さらに幸せに暮らしていますのでご心配なく。

番外編には関係ありませんが、私が書く航空モノに必ず登場する、元祖パイロットヒーローの天澤さん。彼はその後、おもしれー彼女と契約婚をしています。誠一さんのせいですね（笑）。そちらのお話が知りたい方は、ぜひ「極上悪魔なスパダリシリーズ」のパイロット編をお読みくださいませ。

最後になりますが、今作もご尽力いただいた担当様、編集に携わってくださった皆々様に感謝申し上げます。

イラストを担当してくださった夜咲こん先生、とびきり魅惑的なヒーローと可愛いヒロインたちを描いてくださり、ありがとうございました。制帽を持っている恵茉にきゅんとしました……！

そして読者の皆様。こうして再び素敵な機会をいただくことができたのも、ひとえに読者様のおかげです。今作がはじめましての方も、いつも応援してくださる方も、本当にありがとうございます。新たなヒーロー像を生み出すべくこれからも頑張っていきます。

それでは皆様、またなにかの作品でお会いいたしましょう！

葉月《はづき》りゅう

葉月りゅう先生への
ファンレターのあて先

〒104-0031
東京都中央区京橋1-3-1
八重洲口大栄ビル7F
スターツ出版株式会社　書籍編集部　気付

葉月りゅう 先生

本書へのご意見をお聞かせください

お買い上げいただき、ありがとうございます。
今後の編集の参考にさせていただきますので、
アンケートにお答えいただければ幸いです。

下記URLまたは二次元コードから
アンケートページへお入りください。
https://www.ozmall.co.jp/enquete/IndexTalkappi.aspx?id=2301

この物語はフィクションであり、
実在の人物・団体等には一切関係ありません。
本書の無断複写・転載を禁じます。

航空王はママとベビーを
甘い執着愛で囲い込む【大富豪シリーズ】

2024年10月10日　初版第1刷発行

著　者　葉月りゅう



発行人　菊地修一

デザイン　hive & co.,ltd.

校　正　株式会社文字工房燦光

発行所　スターツ出版株式会社
〒104-0031
東京都中央区京橋1-3-1　八重洲口大栄ビル7F
TEL　03-6202-0386（出版マーケティンググループ）
TEL　050-5538-5679（書店様向けご注文専用ダイヤル）
URL　https://starts-pub.jp/

印刷所　大日本印刷株式会社

Printed in Japan

乱丁・落丁などの不良品はお取替えいたします。
上記出版マーケティンググループまでお問い合わせください。
定価はカバーに記載されています。

ISBN 978-4-8137-1645-7　C0193

# ベリーズ文庫　2024年10月発売

『航空王はママとベビーを甘い執着愛で囲い込む【大富豪シリーズ】』葉月《はづき》りゅう・著

空港で清掃員として働く芽衣子は、海外で大企業の御曹司兼パイロットの誠一と出会う。帰国後再会した彼に、契約結婚を持ち掛けられ⁉　1年で離婚もOKという条件のもと夫婦となるが、溺愛剥き出しの誠一。やがて身ごもった芽衣子はある出来事から身を引くが――誠一の一途な執着愛は昂るばかりで…⁉

ISBN 978-4-8137-1645-7／定価781円（本体710円＋税10%）

『冷酷な天才外科医は湧き立つ激愛で新妻をこの手に堕とす』にしのムラサキ・著

院長夫妻の娘の天音は、悪評しかない天才外科医・透吾と見合いをすることに。最低人間と思っていたが、大事な病院の未来を託すには彼しかないと結婚を決意。新婚生活が始まると、健気な天音の姿が透吾の独占欲に火をつけて⁉「愛してやるよ、俺のものになれ」――極上の悪い男の溺愛はひたすら甘く…♡

ISBN 978-4-8137-1646-4／定価770円（本体700円＋税10%）

『一度は諦めた恋なのに、エリート警視とお見合いで再会⁉～最愛妻になるなんて想定外です～』吉澤紗矢《よしざわさや》・著

警察官僚の娘・彩乃。旅先のパリで困っていたところを蒼士に助けられる。以来、凛々しく誠実な彼は忘れられない人に。3年後、親が勧める見合いに臨むと相手は警視・蒼士だった！　結婚が決まるも、彼にとっては出世のための手段に過ぎないと切ない気持ちに。ところが蒼士は彩乃を熱く包みこんでゆき…！

ISBN 978-4-8137-1647-1／定価770円（本体700円＋税10%）

『始まりは愛のない契約でしたが、パパになった御曹司の愛に双子ごと捕まりました』蓮美《はすみ》ちま・著

幼い頃に両親を亡くした萌。叔父の会社と取引がある大企業の御曹司・晴臣とお見合い結婚し、幸せを感じていた。しかしある時、叔父の不正を発見！　晴臣に迷惑をかけまいと別れを告げることに。その後双子の妊娠が発覚し、ひとりで産み育てていたが…。3年後、突如現れた晴臣に独占欲全開で愛し包まれ⁉

ISBN 978-4-8137-1648-8／定価781円（本体710円＋税10%）

『冷血悪魔な社長は愛しの契約妻を誰にも譲らない』晴日青《はるひあお》・著

円香は堅実な会社員。抽選に当たり、とあるパーティーに参加するとホテル経営者・藍斗と会う。藍斗は八年前、訳あって別れを告げた元彼だった！　すると望まない縁談を迫られているという彼から見返りありの契約結婚を打診され⁉　愛なき結婚が始まるも、なぜか藍斗の瞳は熱を帯び…。息もつけぬ復活愛が始まる。

ISBN 978-4-8137-1649-5／定価770円（本体700円＋税10%）

# ベリーズ文庫 2024年10月発売

『君がこの愛を忘れても、俺は君を手放さない』麻生《あそう》ミカリ・著

カフェ店員の綾夏は、大企業の若き社長・優高を事故から助けて頭を打つ怪我をする。その日をきっかけに恋へと発展しプロポーズを受けるが…。出会った時の怪我が原因で、記憶障害が起こり始めた綾夏。いつか彼のことも忘れてしまう。優高を傷つけないよう姿を消すことに。そんな綾夏を優高は探し出し――「君が忘れても俺は忘れない。何度でも恋をしよう」

ISBN 978-4-8137-1650-1／定価781円（本体710円＋税10%）

『処刑回避したい生き残り聖女、侍女としてひっそり生きるはずが最恐王の溺愛が始まりました』坂野《さかの》真夢《まむ》・著

メイドのアメリは実は精霊の声が聞こえる聖女。ある事情で冷徹王・ルークに正体がバレたら処刑されてしまうため正体を隠して働いていた。しかしある日ルーク専属お世話係に任命されてしまう！　殺されないようヒヤヒヤしながら過ごしていたら、なぜか女嫌いと有名なルークの態度が甘くなっていき…!?

ISBN 978-4-8137-1651-8／定価781円（本体710円＋税10%）

# ベリーズ文庫 2024年11月発売予定

Now Printing

『一夜の恋に溺れる　愛なき政略結婚は幸せの始まり【大富豪シリーズ】』佐倉伊織《さくらいおり》・著

政略結婚を控えた梢は、ひとり訪れたモルディブでリゾート開発企業で働く神木と出会い、情熱的な一夜を過ごす。彼への思いを胸に秘めつつ婚約者との顔合わせに臨むと、そこに現れたのは神木本人で…!?　愛のない政略結婚のはずが、心惹かれた彼との予想外の新婚生活に、梢は戸惑いを隠しきれず…。

ISBN 978-4-8137-1657-0／予価748円（本体680円＋税10%）

Now Printing

『タイトル未定（海上自衛官×シークレットベビー）』田崎《たさき》くるみ・著

有名な華道家元の娘である清花は、カフェで知り合った海上自衛官の昴と急接近。昴との子供を身ごもるが、彼は長期間連絡が取れず、さらには両親に勘当されてしまう。その後ひとりで産み育てていたところ、突如昴が現れて…。「ずっと君を愛してる」熱を孕んだ彼の視線に清花は再び心を溶かされていき…！

ISBN 978-4-8137-1658-7／予価748円（本体680円＋税10%）

Now Printing

『キスは定時後でお願いします！』高田《たかだ》ちさき・著

ド真面目でカタブツなOL沙央莉は社内で"鋼鉄の女"と呼ばれている。ひょんなことから社長・大翔の元で働くことになるも、毎日振り回されてばかり！　ついには愛に目覚めた彼の溺愛猛攻が始まって…!?　自分じゃ釣り合わないと拒否する沙央莉だが「全部俺のものにする」と大翔の独占欲に翻弄されていき…！

ISBN 978-4-8137-1659-4／予価748円（本体680円＋税10%）

Now Printing

『このたび、夫婦になりました。ただし、お仕事として！』一ノ瀬千景《いちのせちかげ》・著

会社員の咲穂は世界的なCEO・櫂が率いるプロジェクトで働くことに。憧れの仕事ができると喜びも束の間、冷徹無慈悲で超毒舌な櫂に振り回されっぱなしの日々。しかも櫂とひょんなことからビジネス婚をせざるを得なくなり…!?建前だけの結婚のはずが「誰にも譲れない」となぜか櫂の独占欲が溢れだし…!?

ISBN 978-4-8137-1660-0／予価748円（本体680円＋税10%）

Now Printing

『タイトル未定（CEO×身代わりお見合い）』宇佐木《うさぎ》・著

百貨店勤務の幸は姉を守るため身代わりでお見合いに行くことに。相手として現れたのは以前海外で助けてくれた京。明らかに雲の上の存在そうな彼に怖気づき逃げるように去るも、彼は幸の会社の新しいCEOだった！　「俺に夢中にさせる」なぜか溺愛全開で迫ってくる京に、幸は身も心も溶かされて——!?

ISBN 978-4-8137-1661-7／予価748円（本体680円＋税10%）

タイトル、価格等は変更になることがございますのでご了承ください。

# ベリーズ文庫 2024年11月発売予定

Now Printing

## 『心臓外科医と仮初の婚約者』立花《たちばな》実咲《みさき》・著

持病のため病院にかかる架純。クールながらも誠実な主治医・理人に想いを寄せていたが、彼は数年前、ワケあって破談になった元許嫁だった。ある日、彼に縁談があると知りいよいよ恋を諦めようとした矢先、縁談を避けたいと言う彼から婚約者のふりを頼まれ!?　偽婚約生活が始まるも、なぜか溺愛が始まって!?

ISBN 978-4-8137-1662-4／予価748円（本体680円＋税10%）

Now Printing

## 『悪い男×溺愛アンソロジー』

〈悪い男×溺愛〉がテーマの極上恋愛アンソロジー！　黒い噂の絶えない経営者、因縁の弁護士、宿敵の不動産会社・副社長、悪名高き外交官…彼らは「悪い男」のはずが、実は…。真実が露わになった先には予想外の溺愛が!?　砂川雨路による書き下ろし新作に、コンテスト受賞作品を加えた4作品を収録！

ISBN 978-4-8137-1663-1／予価748円（本体680円＋税10%）

タイトル、価格等は変更になることがございますのでご了承ください。